열다섯, 다를 나이

요즘작가 x 요즘소년

열다섯, 다를 나이

강경수
강지영
이민항
조서월
청예

우리학교

차례

나의 아놀드

강지영

강지영

소설집 『굿바이 파라다이스』『개들이 식사할 시간』『살인자의 쇼핑목록』, 장편 소설 『인간보다 인간적인』『죽지 않고 어른이 되는 법』『신문물검역소』『심여사는 킬러』 『엘자의 하인』『어두운 숲속의 서커스』『프랑켄슈타인 가족』『하품은 맛있다』『페로 몬 부티크』『굿 드라이버』『살인자의 쇼핑몰』1,2를 출간했다.

쇠질을 시작한 건 중학교 2학년 여름 방학부터였어.

어느 날 유튜브 알고리즘이 내게 아놀드를 소개해 줬지.

왜 아놀드가 추천 영상으로 떴는지는 모르겠어. 키토제닉 다이어트나 1일 1식 다이어트 같은 걸 검색한 기록이 있을지도. 맞아. 난 돼지였어. 게으르고 식탐 많은 소아 비만이었지.

안 해 본 다이어트가 없었어. 고기만 먹는, 한 끼만 잘 먹는, 주야장천 한 가지 음식만 먹는 온갖 식단을 다 해 봤어. 극단적인 시도였지. 매번 효과는 있었어. 한 5킬로쯤 빠지고 식단이 무너지면 8킬로쯤 찌는 게 문제였지만.

난 간절히 돼지 탈출을 꿈꿨어. 하지만 다이어트는 늘

내일부터였고, 딱 오늘까지만 일탈을 즐기기로 결심하는 음식 중독자이기도 했지. 아무튼 내가 말하고 싶은 건 아놀드와 나 사이엔 아무 접점이 없었다는 거야. 나중에 알게 된 사실이지만 그는 다이어터가 아니었거든. 심심한 영상은 조회 수도 형편없었고.

첫 영상은 사람 없는 허름한 체육관에서 웃통을 벗는 걸로 시작해. 얼굴에 누런 종이봉투를 쓴 그는 나와 실루엣이 매우 비슷했어. 카메라를 등지고 포대 자루 같은 티셔츠를 벗는 모습이 어쩐지, 불쾌하더라. 꼭 나를 보는 기분이었어. 아놀드는 마이크가 따로 없어서 고함을 지르며 자기 스펙을 늘어놓았지. 나이 열다섯에 키 172센티미터, 체중은 105킬로그램.

둥글게 말린 어깨에 여성형 유방이 두드러진 가슴, 부푼 배엔 붉게 살이 튼 자국이 여러 가닥 있었지. 아놀드가 카메라 앞에서 두 팔을 벌리고 몸을 이리저리 돌렸어. 과장 보태지 않고 그의 팔뚝 살은 발효된 밀가루 반죽 같았어. 등에 붙은 살은 두 겹으로 늘어졌고, 날개뼈 사이엔 여드름이 가득했지. 솔직히 역겨웠어. 거대한 살색 마시멜로처럼 보였거든. 나랑 신체 스펙이 비슷한데 어째서 아놀드의 몸은 저렇게 흉물스러운 건지 모르겠더라.

난 잠시 영상을 멈추고 휴대폰을 내려놨어. 그러고는 아놀드처럼 웃통을 벗고 전신 거울 앞에 섰지. 열다섯 살에 173센티미터, 그리고 107킬로그램의 소년이 너도 혐오스럽다는 표정으로 서 있었어. 팔을 벌려 보니 내게도 밀가루 반죽이 날개처럼 달려 있더라. 인지하지 못했을 뿐, 내 몸은 아놀드와 다를 바 없었어. 그와 내 몸에 차이가 있다면 그건 단 하나였어. 공개와 비공개.

아놀드의 첫 영상은 조회 수가 118이었어. 적어도 100명 이상의 사람 앞에서 추한 몸을 드러냈다는 건데, 나로선 이해할 수 없었어. 감춰도 모자랄 마당에 벗는다고? 아무리 관심 종자라고 해도 상식과 예의는 갖춰야 하잖아. 나는 알 수 없는 수치심이 들어 영상을 껐어. 마치 내가 학교 운동장 조회대에 알몸으로 올라간 것만 같았거든. 있을 수 없는 일이었어.

미친 새끼, 돼지 망신 다 시키고 있어. 내가 다 쪽팔리네. 혼잣말을 했지.

길티 플레저라는 말 알아? 죄책감과 쾌감을 동시에 느끼는 걸 가리키는 단어래. 지금 생각해 보면 아놀드의 채널은 내게 길티 플레저였어. 그를 경멸하는 나를 경멸하면서도, 오늘은 또 어떤 경멸감을 선사할지 궁금해서 아놀드의 계정을 기웃거렸어. 물론 그때까진 구독이나 좋아요를 눌러 주지 않았지. 가능하다면 내 클릭이 조회 수에

카운트되지 않기를 바라기까지 했어.

"단기 목표는 3대 250입니다. 아마도 3개월쯤 걸리지 않을까요. 빠르면 2개월?"

아놀드의 채널엔 동영상이 매일 하나씩 업로드됐어. 두 번째 영상에서 아놀드는 스쿼, 벤치 프레스, 데드 리프트를 했지. 체육관이긴 한데 트레이너는 없었어. 아놀드 역시 유튜브를 보며 자세를 익히고 기구 사용법을 알아냈다고 하더라. 그는 스쿼 55킬로, 벤치 프레스 40킬로, 데드 리프트 65킬로에 성공했어. 한 세트에 열 개냐고? 아냐. 그날 아놀드는 그저 들기만 했을 뿐이었어. 들었다 잠시 멈추고 내려놓았지. 그러고도 땀을 철철 흘리고 근육에 쥐가 나는 게 카메라에 잡혔어.

헛웃음이 나더라. 피지컬이 있는데 160킬로가 최선일리 없다고 생각했지. 자기 몸무게 반도 안 되는 무게를 드는 거잖아. 아무래도 쇼 같았어. 어그로를 끌어 나 같이 길티 플레저를 느끼는 사람들의 호응을 받아 내려는 속셈으로 보였지. 그래서 안 봤냐고? 그건 또 안 되더라. 궁금하긴 하잖아. 영상 길이가 5분을 넘지 않으니 매일 컵라면 하나 먹을 동안 눈이 심심할 일은 없었지.

"BMI는 아직 35지만 체지방률이 51에서 49로 떨어졌습니다. 그럼 오늘도 숙제하고 갑니다."

한 번 들었다 내려놓던 이전 영상과 달리, 아놀드는 같은 중량을 들고 3회씩 동작을 수행했어. 스쾃을 할 땐 발과 발 사이가 너무 가까워 뒤로 주저앉을 뻔했지만 이내 자세를 고쳤지. 벤치 프레스를 할 때 봉을 내려놓은 손바닥은 불에 덴 것처럼 붉었어. 데드 리프트는 이제 익숙해졌는지 편안해 보였고. 그는 욕심내지 않았어. 동영상을 새로 올릴 때마다 동작을 3회씩 추가했지.

어느 순간 아놀드의 밀가루 반죽 날개는 눈에 들어오지 않았어. 그의 축 늘어진 가슴과 뱃살 대신 부풀어 오른 근육과 마찰로 생긴 손바닥 상처에 시선이 갔지. 불과 며칠 전까지만 해도 역겨운 돼지였는데, 이젠 안 되는 일에 무작정 도전하는 원시인 정도로 보였지. 돼지가 인간이 되는 경이로운 일주일이었어.

여름 방학은 짧아. 그래도 운동하는 사람에게 여름은 좋은 계절이야. 칼로리 태우기 딱이잖아. 나는 엄마에게 아파트 헬스클럽 회원권을 끊어 달라고 했어. 한 달에 1만 5000원이니 내 용돈으로도 커버가 되는 수준이었지.

"미쳤어? 너 성장판 다치면 키 안 커. 살을 뺄 거면 콜라부터 끊어야지 어린애가 무슨 헬스를 한다고 설쳐?"

엄마는 어른들 세계의 통념에 따른 매우 일반적인 대답을 했지.

"그건 사실이 아니에요. 체지방률을 낮추고 근골격량을 늘리는 게 키 성장에 더 도움이 되고, 세계적인 선수들은……."

"나무위키 꺼라. 뚱뚱해도 키가 큰 게 낫지, 너 여기서 멈추면 뚱뚱하고 키까지 작은 남자 되는 거야. 앤 갑자기 왜 뜬금없는 걸로 내 속을 뒤집을까."

엄마는 단호했어. 예상하고 각오한 반응이었지. 내가 엄마와 옥신각신하는 사이 아놀드는 10킬로짜리 원판을 더 끼우고도 훨씬 안정된 자세로 리프팅을 했어. 엄마에게 허락을 받느라 시간을 끌면 아놀드는 완벽한 인간이 되고 나는 영영 돼지로 남을 것만 같았어. 그래서 일탈을 결심했지.

1만 5000원을 마련하는 건 어렵지 않았어. 간식비만 아껴도 가능했으니까. 대신 헬스장에 가는 시간 공백을 숨겨야 했지. 그래서 나는 학교 봉사 활동을 핑계로 매일 한 시간씩 엄마의 눈을 피했어. 말로 설명하니까 별거 아닌 거 같지? 그땐 피가 말랐어.

아파트 헬스장은 우리가 사는 103동에서 겨우 50미터 떨어진 관리실에 붙어 있었지. 시트지도 없이 두 면이 통유리인 헬스장 앞을 엄마는 하루에도 서너 번씩 지나쳤어. 쓰레기를 버리거나 장을 보거나 길 건너 이모네 집에 놀러 다니면서 말이지. 정면을 보고 운동하면 엄마가 내 얼굴을 알아볼 것 같았고, 돌아서서 운동을 하면 엄마가 다가오는 것도 모를까 봐 전전긍긍했어.

결론부터 말하자면 나는 헬스장을 옮겼어. 엄마에게 들켜서는 아니고, 운동 기구가 너무 후져서였지. 규모가 작다 보니 늘 누군가는 기구를 사용하는 중이었어. 벤치 프레스 차례를 기다리며 러닝머신을 위를 걸을 때가 많았는데 어느 날 아놀드가 말하더라.

"댓글에 질문 많은데요, 전 유산소로 살 안 뺍니다. 그거 다 근 손실 와요. 무조건 잘 먹으면서 무산소로만 조질 겁니다."

어느새 아놀드는 3대 200을 치고 있었어. 첫 영상과 비교하자면 체중은 그대로인데 배가 좀 쭈글해진 느낌이었지. 왜 체중이 그대로냐고? 그야 체지방이 빠지고 근육이 늘었으니 당연한 거지. 아무튼 아놀드가 자기 규칙을 그렇게 정해 놓았으니 나도 따르기로 했어. 정직하게 무산소로 조져서 아놀드를 이기고 싶었거든. 마냥 기다리다 귀가 시간이 늦어질 바엔 돈을 더 들이더라도 기구가 많고 다양한 데서 운동을 하기로 결심했지.

동네에서 제일 큰 헬스장은 무대포짐이었어. 1개월에 7만 원, 3개월에 15만 원인데, 중딩이 감당하긴 좀 부담스러웠지. 용돈이라고 해 봐야 일주일에 2만 원이니 한 달 치를 끊고 나면 만 원밖에 안 남잖아. 돈이 필요했어. 그 때 베란다에 몇 년째 방치되어 있는 엄마의 재봉틀 상자 가 보이더라. 내가 유치원 다닐 땐 엄마가 그걸로 바지도 만들어 주고 방석이나 에코백도 여러 개 만들어 여기저기 나누어 줬는데 어느새 시들해진 거지. 최소 5년 이상 그 자리에 방치되어 있던 재봉틀은 앞으로도 꺼낼 일이 영영 없을 것 같았어.

나는 중고 사이트에 재봉틀 품번을 치고 가격을 검색했 지. 최소 20에서 최대 27만 원까지 부르더라. 난 정확히 15만 원이 급했어. 그러니 비싸게 부르고 오래 기다릴 형 편이 아니었지. 새벽녘에 일어나 상자에서 재봉틀을 꺼내 들고 방으로 돌아온 다음, 사진을 찍어 중고 사이트에 올 렸어. 그리고 네고 없이 15만 원을 불렀지.

재봉틀은 벤츠를 탄 할머니가 사 갔어. 우리 접선지는 새벽 5시, 중학교 정문이었어. 그는 굉장히 고운 백발에 무척 값나가 보이는 가죽 지갑을 들고 벤츠에서 내렸어. 나는 보자기로 감싸 묶은 재봉틀을 건넸지. 괜스레 겁이 나더라. 너같이 어린 애가 웬 재봉틀을 갖고 있느냐, 혹시 훔친 물건이 아니냐, 고장 난 거면 두 배로 뱉어라, 따져 물을 것 같았거든.

그런데 할머니는 뜻밖에도 매우 쿨했어. 물건을 확인하기도 전에 돈부터 건넸고, 아무것도 묻지 않았지. 오히려 내가 궁금한 게 더 많았어. 딱 봐도 꽤 부유해 보이는데 왜 중고 물건을 사 가는지, 그걸로 뭘 만들고 싶은 건지 등등.

"형편이 어려웠을 때 이게 너무 갖고 싶었어. 고마워, 쿨 거래."

할머니도 처음부터 부자는 아니었나 봐. 아주 오래전엔 그도 자기한테 없는 걸 갈망했겠지. 매일 밤 내가 아놀드의 영상을 보고 운동을 하는 것처럼 아주 성실히 뭔가를 쌓아 나가다 그게 어느 순간 탑이 되고 탑 위에서 지상이 보이지 않게 될 즈음 노인이 된 걸 깨달았는지도.

무대포짐에 등록하면서 내 헬스 인생이 제대로 열렸어. 아놀드를 비웃었는데 3대 160은커녕 130도 힘들더라. 첫날 무리를 해서 150까지 리프팅하고 집에 돌아왔어. 그날은 멀쩡했는데 이튿날부터 근육통이 시작됐지. 말이 좋아 근육통이지 지독한 몸살이었어. 허벅지와 어깨를 누가 쥐어짜는 듯이 아팠지. 내가 좀 무딘 편인데도 한 걸음 내디딜 때마다 비명이 절로 나올 지경이었어.

방학이 끝나 다시 등교를 시작했는데, 아침마다 내 걸음걸이가 어기적대고 있으니 왜 그렇게 됐냐고 묻는 애들도 생겼지. 내게 호기심을 갖는 애들은 평소 운동 좀 하는 셋이었어. 알지? 김계란이나 김종국 유튜브 보며 근육 키우는 데 일찍 맛 들인 덩치들. 반에 꼭 한둘은 있기 마련인데, 걔들 눈에 내 걸음걸이가 딱 들어온 거지.

"뚱바, 너 혹시 운동 시작했냐?"

덩치 하나가 히죽거리며 물었어.

아, 뚱바가 뭐냐고? 그때 내 별명. 뚱뚱한 바보. 걔들은 멸치와 돼지를 경멸했어. 인간으로 태어나서 다른 생물에 비유되는 게 쪽팔리지도 않냐고 뚱바인 나와 멸치볶음인 어떤 애한테 따지듯이 물은 적이 있었지. 아무튼 난 대답하지 않았어. 뚱바라는 별명이 저절로 떨어져 나갈 만큼 몸이 좋아지면 질문도 멈출 걸 알았거든.

친한 놈들은 오히려 관심이 없었어. 걔들은 쉬는 시간에 엎드려 자기 바빴고 점심때 삼삼오오 모여 〈원피스〉나 〈귀멸의 칼날〉 얘기만 했거든. 원래는 나도 거기 끼어 시시덕거리기 좋아했는데, 갑자기 거리감이 느껴지더라. 나혼자 애송이의 세계를 벗어난 기분이었어. 걔들 눈엔 내가 여전히 안경 쓴 여드름 돼지로 보였겠지. 하지만 내 체성분은 어제와 달랐고 내일은 더 달라질 테니 하루하루가 탑을 이루고 결국 하늘에 닿게 될 거라 믿었어.

나는 그렇게 매일 같이 어기적거리면서 헬스장에 갔어.

운동복으로 갈아입고 몸에 익을 때까지 동작을 반복했지. 근육이 파열되는 게 느껴졌어. 그게 아물면서 더 크고 단단한 근육으로 업그레이드됐지. 나 역시 아놀드처럼 체중은 정체 상태였지만, 체지방이 줄고 근육량이 늘기 시작했어. 보충제를 먹으면 좋을 텐데, 그건 나 자신과의 싸움에서 반칙처럼 느껴졌어. 아놀드는 그저 묵묵히 운동만으로 몸을 만드는데 나만 쥐새끼처럼 단백질 셰이크를 마시는 게 마음에 들지 않았지. 근데 살이 빠지고 근육이 커지는 걸 나 스스로 체감하게 되니 욕심이 사라지지 않더라. 헬스장 관장님이 타 준 셰이크는 정말 초콜릿 맛이 났고 고작 두 스쿱만으로도 내 하루치 단백질 필요량을 채워 줬지. 미국에서 수입했다는 그건 한 통에 7만 원이었어. 나는 다시 베란다와 다용도실을 뒤지기 시작했어.

팔 만한 걸 찾다 다용도실에서 어릴 적 내가 갖고 놀던 레고 상자를 여섯 개나 발견했어. 솔직히 말해서 그걸 사 달라고 조른 것도 기억이 안 나. 직접 만든 기억도 없는데 엄마의 휴대폰 갤러리엔 엄청난 스케일의 용이나 우주선 레고를 찍은 사진이 있더라. 아마 아빠나 이모부가 대신 조립해 줬을 텐데, 대체 난 무슨 재미로 이걸 사 달라고 졸랐는지 이해가 안 돼.

난 레고 거래가를 확인했어. 내가 가진 여섯 개의 시리즈는 가격대가 2만 원에서 3만 원으로 고만고만했지. 최초가 21만 원짜리도 있었는데 가격이 너무 떨어졌다 싶었어. 그래도 아쉬운 사람은 나였으니 일괄 12만 원에 올리고 잠에 들었어. 사실 정신은 말똥했지만 수면은 근 성장에 단백질만큼 중요하니까 억지로 눈을 붙인 거야. 불안한 마음을 다스리는 게 곤욕이더라. 그게 안 팔리면 알바라도 뛸 생각이었지. 다행히 이튿날 구매를 원하는 사람이 나타났어. 다름 아닌 지난번 그 할머니였어. 이미 한차례 안면을 텄으니 서로를 의심할 필요가 없었지. 할머니는 지난번과 같은 장소, 같은 시간을 원했어. 나도 가족들의 눈을 피하기엔 그 시간이 좋았고.

알람 소리에 눈을 떴어. 조심조심 다용도실에 가서 레고 상자를 현관으로 옮겼지. 엄마가 장 볼 때 끌고 나가는 접이식 카트를 펼쳐 놓고 레고를 쌓으니 내 키 높이더라. 그걸 끌고 발소리를 죽여 가며 엘리베이터로 갔어. 쉽게 생각했는데 어려운 일이었어. 무게도 무게지만 살짝만 흔들려도 높이 쌓아 올린 상자가 기우뚱했지.

결국 횡단보도에서 문제가 생겼어. 단차 때문에 레고 상자가 와르르 무너진 거야. 여섯 개 중 세 개가 횡단보도 위에 뒤섞였지. 할머니와 거래하기로 약속한 시간이 지나가고 있었어. 파란불은 빨간불로 바뀌었고 지나가던 자동

차가 상자 뚜껑과 쏟아진 레고 봉지를 밟았지. 부서진 파편이 여기저기 튀었고, 운전자는 차창을 내리고 내게 욕설을 퍼부었어. 내가 벌인 일이니 내가 책임져야 했지. 나는 큰 손실을 걱정하며 바닥에 흩뿌려진 레고를 주워 담았어. 휴대폰이 울렸어. '쿨할매'라고 저장한 할머니였지. 그라면 나를 이해해 줄지 몰랐어. 형편이 어려워 재봉틀도 못 사던 시절이 있었으니까. 난 전화를 받았어. 그리고 조금은 의도적으로 훌쩍거렸지.

"제가요, 거의 다 왔는데 넘어져서요. 죄송해요."

넘어진 것도 아니고 거의 다 온 것도 아니었어. 그래도 그렇게 말하면 딱하게 봐줄 거라 믿었지.

"넘어져? 그럼 사진하고 다르겠네?"

할머니가 냉정한 말투로 물었어. 어제 중고 사이트에 올린 레고 사진은 크기별로 블록을 비닐에 싸고 숫자까지 맞춘 단정한 모양새였지. 그런데 지금은 절반이 날아가고 회수할 가능성도 거의 제로였어.

"그래도 세 상자는 멀쩡해요. 그거라도 안 될까요?"

나는 서글퍼져서 진짜로 훌쩍훌쩍 울었어.

"이번엔 좀 어렵겠네."

할머니는 다른 방식으로도 신선했어. 그 말이 어찌나 인정머리 없이 들리던지. 그는 내게 끊겠다는 말도 없이 통

화를 종료했지. 다시 기운을 내야 했어. 마냥 바라보고 있
는다고 레고가 돌아올 리 없잖아. 나는 눈에 보이는 레고
를 찌그러진 상자에 그러담아 분리수거장으로 걸어갔어.
그걸 플라스틱 재활용 주머니에 던져 넣는데, 갑자기 생
각나더라. 레고를 조립했던 순간들이. 그걸 맞춰 준 사람
은 아빠나 이모부가 아니라 나였어. 한글도 몰랐을 텐데,
깨알 같은 설명서를 펼쳐 놓고 하나씩 하나씩 끼워 맞춘
기억이 나는 거야. 다섯 살 때도, 여섯 살 때도, 일곱 살
때도 나는 레고를 완성할 때마다 어른이 된 것만 같았지.
나는 레고를 버리지 않기로 마음을 바꿨어.
　집으로 돌아왔을 때 아빠는 출근 준비 중이었지. 내가
끙끙대며 레고 상자를 들고 다용도실로 향하는데 그게 뭐
냐고 묻지 않더라. 지금도 그렇지만 아빠는 나랑 성향이
비슷해. 뭐가 됐든 지금, 현재 집중하는 것만 보는 사람이
야. 아빠는 가방을 챙기면서 티브이를 흘끔거리며 프리미
어리그 재방송을 보느라 정신이 없었어. 그 덕에 나는 잔
소리 없이 내 추억을 지킬 수 있었지.
　아놀드는 약속한 3개월보다 2주 빨리 3대 250을 달성했
어. 체중은 99킬로로 줄었고 거뭇했던 목덜미도 제법 하
얘졌더라. 자세도 트집 잡을 게 없었지. 그는 철저히 고중
량 저반복을 실천했어. 댓글을 열어 보니 추천하는 단백

질 셰이크가 있냐는 질문이 달려 있더라. 아놀드는 '네이처바디' 초콜릿 맛을 적극 추천한다고 답했고. 그건 관장님이 마시던 그리고 내가 레고를 팔아 사려던 단백질 셰이크였어. 검색을 해 보니 환율 때문에 7만 원에서 1만 원이 더 올라 있었어.

울화가 치밀더라. 레고를 놓쳐서 도로에 메다꽂은 순간보다 더 분이 나서 미치는 줄 알았어. 아놀드가 고단백 음료로 간편히 근육을 늘려 갔다는 게 배신처럼 느껴졌어. 나는 밥과 김치와 치킨너깃 따위로 식단을 했는데. 아놀드에 뒤질 수 없었지. 난 집에서 좀 더 값나가고 추억 없는 물건을 찾느라 혈안이 되었어. 다용도실에 남은 건 당장 길에 내놔도 주워갈 거 같지 않은 그늘막과 매실 엑기스, 곰솥 따위였지. 쓸 만한 게 있는 곳은 안방이었어. 엄마의 패물, 아빠의 맥북, 버버리 핸드백, 구찌 넥타이, 샤넬 립스틱. 하지만 거기에 손을 대는 순간 패륜아로 전락한다는 것도 알았지. 근육 키우겠다고 본격적인 도둑놈이 되긴 싫었어. 그래서 알바를 찾았어.

나는 하루 한 시간 헬스장 청소를 했어. 바닥만 닦는 줄 아는데, 아니야. 벽면의 거울도 닦고 땀 묻은 기구도 닦고, 화장실도 치워야 했지. 200제곱미터를 쓸고 닦으며 피눈물이 났어. 힘들어서 그랬냐고? 아니, 근 손실이 오고 있으니까. 근육을 만들려고 근 손실을 감수하다니, 코미디 아니냐. 덕분에 단백질 셰이크와 크레아틴을 살 수 있었어. 어느덧 학기는 끝나 가고 내 체중도 80킬로그램대에 진입했지. 손바닥엔 굳은살이 박여 감각이 둔해졌어. 비로소 턱이 드러나고 목울대도 보였지. 나도, 그리고 아놀드도.

겨울 방학부터 아놀드의 촬영 장소가 바뀌었어. 허름한 헬스장이 아닌 홈 짐이었지. 부모님께 허락받느라 너무 힘들었다고 하소연하더라. 그의 뒤엔 스미스에 케이블까지 달린 멀티랙이 있었어. 랙 안에는 인클라인 벤치가 얌전히 들어가 있었지. 랙에 꽂힌 원판이랑 매트 위에 놓인 케이블 바도 종류가 다양하더라. 나도 많이 뒤져 봤기 때문에 가격대가 꽤 나간다는 걸 알았어.

"2년 치 용돈을 모아 마련했습니다. 매달 20만 원씩 붓던 적금을 깼고, 친가 외가에서 보내 주신 입학 기념 용돈과 명절 용돈을 모았어요. 이걸로 3개월 안에 3대 300에 도전합니다."

숨이 턱 막혔어. 아놀드와 나는 전혀 다른 세상에 사는 것 같았거든. 대체 용돈을 얼마나 많이 받으면 적금을 붓고 통장을 털어 600만 원을 마련할 수 있는 거지? 어쩌면 그 허름한 헬스장도 건물주인 부모가 공실로 내버려 둔 게 아닌가 싶었어. 녀석은 의기양양했어. 그 이유는 한참

24

뒤에야 알았으니, 그땐 얄미워 보이기만 했지. 뭐가 됐든 우린 같은 목표를 지녔고 다른 출발점을 가진 셈이었지. 그와 경쟁하고 있다는 생각에 여기까지 왔는데, 아놀드는 홈 짐까지 꾸렸으니 나를 훌쩍 앞지를 게 분명했어.

사람이 한순간에 무기력해지더라. 나는 당장 다음 달 헬스장 이용료 재결제도 암담했거든. 그새 요금도 올라서 이젠 15만 원이 아니라 17만 원을 만들어야 했어. 능력이 안 되니 헬스를 그만두기로 마음먹었어. 무대포짐에서 마지막으로 잰 내 몸무게는 88킬로였고 몇 달 새 키도 자라 176센티였지. 덜렁거리는 군살이 사라지니 가슴 근육이 제법 근사하게 보이더라. 비록 뱃가죽은 늘어졌지만 잘 만져 보면 식스팩도 느껴지고. 그래도 어쩌겠어. 돈이 없는걸.

지옥이 펼쳐졌어. 평소라면 헬스장에 있어야 할 시간이 다가왔어. 피가 마르는 기분이었지. 숨만 쉬어도 근육이 빠져나가는 것 같았고, 그게 사실이기도 했어. 머지않아 내 체성분은 과거로 돌아갈 거고, 다시 마시멜로 같은 지방 덩어리가 되어 오타쿠들과 애니메이션 얘기나 할 게 뻔했지. 나는 남들과 조금 다른 부류라고 착각했나 봐. 누구보다 의지와 심지가 굳고 마음만 먹으면 나를 통제할 수 있다고 믿었지. 운동 중독을 끊어 내고 지금 이대로의 나를 받아들일 수 있을 줄 알았다? 그런데 아니었어. 운동을 쉰 지 하루가 지났을 때, 나는 마약 중독자처럼 빈 페트병에 물을 채워 가방에 가득 담고 스쾃을 하게 됐어. 아놀드가 근사한 스미스랙에서 쇠질을 하고 있을 시간에 말이야.

"엄마 폰에 전화 좀 해 봐. 버스에 놓고 내린 거 같아."

밤늦게 집에 돌아온 엄마가 캔 참치에 삶은 달걀을 먹고 있는 내게 보챘어.

"가방에 없는 거 확실해요?"

"없어. 폰 보고 있다가 그냥 내린 게 맞아."

엄마는 욕실로 들어가 물을 틀고 발을 씻었어. 나는 삶은 달걀을 입에 넣고 우물거리며 엄마에게 전화를 걸었지.

"네, 여보세요."

웬 여자애가 전화를 받더라. 안 받을 줄 알고 있다 놀라서 목이 막혔지.

"그거 저희 엄마 폰인데, 어디세요?"

"여기 어울림아파트요. 버스에서 주웠는데 찾으러 오실 거죠?"

심장이 쿵쿵댔어. 왜냐고? 잘만 하면 나한테 목돈이 생길 기회 같았거든.

"네, 지금 갈게요. 가서 전화드려도 되죠?"

나는 목소리를 낮춰 말하고 전화를 끊었어. 엄마가 욕실에서 나와 수건으로 발을 닦더라.

"전화 안 받지?"

엄마가 낭패스러운 표정으로 물었어.

"네, 전원 꺼져 있네요. 어떡해요?"

"뭘 어떡해. 요즘 세상에 폰 없이 살 수도 없고, 이 핑계로 바꿔야지. 그러잖아도 폴딩 폰이 눈에 띄더라. 니 이모가 쓰는데 너무 좋대."

엄마는 기다렸다는 듯이 새 휴대폰을 살 생각에 기분이 들떠 보였어. 잃어버리지 않았어도 조만간 바꿨을 테지. 그렇게 생각하니까 마음이 가뿐하더라. 내가 죄를 지은 게 아니라 즉흥적인 연기로 엄마를 기분 좋게 만들어 줬다는 자기 합리화가 된 거지.

난 어울림아파트 앞에서 내 또래 여자애한테 보상금 만 원을 주고 엄마의 휴대폰을 받았어. 유심은 버리고 공장 초기화를 했지. 그날 밤 중고 사이트에 55만 원으로 매물을 올렸어. 역시나 밤사이 할머니에게 메시지가 와 있었고. 그쯤 되자 할머니는 내가 새 글을 게시하길 기다리나 싶기도 했어. 뭐가 됐든 나에겐 고마운 일이지만.

약속한 새벽, 나는 엄마의 휴대폰을 깨끗이 닦아서 학교 앞으로 나갔어. 할머니의 벤츠가 진입로로 들어오는 게 보였지. 새벽인데도 선글라스에 하이힐을 신어 멋을 냈더라. 저번처럼 돈 먼저 주고 물건을 가져갔어.

"살 많이 뺐네?"

처음으로 할머니가 내게 뭔가를 물었지.

"네, 운동하거든요."

할머니가 선글라스를 조금 내려 가늘고 긴 눈으로 나를 물끄러미 봤어. 머리가 하얘서 70대겠거니 했는데 생각보다 주름이 없고 젊어 보이더라. 누굴 닮은 것 같은데 기억이 안 났어.

"그나마 넌 건강한 중독이다. 다음엔 뭐든 사이트에 올리지 말고 나한테 다이렉트로 연락 줘. 또 봐."

뭔가를 꿰뚫어 보는 듯한 신비로운 눈빛, 이제 생각해보면 메릴 스트립이랑 닮았어. 메릴 스트립 맞나? 메들리 스트립트인가.

아무튼 할머니에게 받은 55만 원으로 나는 부족하나마 헬스 기구를 사 모았어. 물론 새것은 아냐. 역시 중고 사이트에서 찾은 덤벨이나 인클라인 벤치 따위였지. 그 물건들을 집 안에 들이기 위해선 부모님의 허락이 필요했어. 성장판 어쩔 거야, 대체 그 돈이 어디서 났는지 설명부터 해, 라는 말을 들을 줄 알았지만 의외로 쉽게 승낙

받았지.

"초등학교 때부터 지금까지 한 푼 두 푼 모은 돈으로 장만한 거예요."

돈의 출처는 일단 거짓말로 넘겼어. 그다음엔 알아서 풀리더라고.

"너 엄마 몰래 헬스 다녔지? 작년 여름부터 슬슬 살 빠지더니 이젠 아주 연예인 같아. 그렇지 여보?"

엄마는 구부정했던 내 등과 목이 반듯하게 펴진 걸 무척 자랑스러워했어. 살이 빠지니 아기 때 인물이 나온다고 좋아했지. 아빠는, 아까도 말했지만 좀 무관심한 스타일이야. 헬스 기구가 들어오자, 엄마는 김치냉장고 옆에 계절 옷을 쟁여 두었던 작은 방을 양보했어. 어릴 때 소음방지용으로 깔아 두었던 뽀로로 매트도 꺼내 주고. 나는 근사하진 않지만 내 처지에 어울리는 기구들로 홈 짐을 꾸렸어.

오랜만에 아놀드의 채널에 들어가 봤지. 놈은 이미 3대 300을 가뿐히 넘어섰어. 분명 일부러 그러는 게 빤한데, 가끔 반동을 못 이기는 척 고개를 치켜들어 종이봉투가 반쯤 벗겨지기도 했지. 턱선만 봐도 남자다운 얼굴이 그려지더라. 턱수염도 거뭇하고 말이야. 이제 아놀드는 몸에 딱 달라붙는 민소매 티셔츠에 레깅스를 입고 쇳질을 했어. 놈이 그러거나 말거나 나는 트렁크 팬티 차림으로 묵묵히 무게를 감당했지. 그렇게 줄곧 우리는 각자의 홈 짐에서 몸을 만들었어.

새로운 기구를 들여놓아야 할 땐 할머니에게 물건을 팔았지. 전처럼 야비한 수법으로 가로챈 물건이 아니었어. 안 읽고 처박아 두기만 한 동화책이나 느린 데스크톱을 내놨어. 할머니에게 과연 효용 가치가 있을까 싶은 물건들이었지. 하지만 할머니는 매번 흔쾌히 물건을 사 갔어. 게임 속 마법 상점 주인처럼 하찮은 것도 불만 없이.

문제가 터진 건 고2 신학기였어. 수업이 끝나 휴대폰을 돌려받았을 때 부재중 전화가 네 통이나 와 있더라. 그것도 국번이 이 근처인 일반 전화번호였어. 스팸 전화일 거라고 생각했지만, 왜인지 마음이 찜찜했어. 스팸이면 이렇게 시간 차이를 둬 가며 여러 번 전화할 리 없었지. 나는 통화 버튼을 누르고 휴대폰을 귀에 갖다 댄 채 하굣길에 나섰어.

"경기경찰청 수사과입니다. 무엇을 도와드릴까요."

"부재중 전화가 와 있어서 전화 드렸는데요."

지은 죄라곤 엄마의 휴대폰을 팔아먹은 게 다였어. 근데 엄마가 신고했을 리는 없잖아. 겁먹을 필요 없다고 스스로 안심시켰지만, 사실 벼락 맞은 기분이었어.

"성함이 어떻게 되시죠?"

"이서율인데요."

휴대폰 너머로 종이 넘기는 소리가 사락사락 들리더라.

"중고 사기 거래에 선생님이 연루되어서 연락드렸습니다. 미성년자니까 부모님과 함께 경찰서로 나와 주셔야겠는데요."

나는 놀라서 보도블록을 밟고 그대로 고꾸라졌지. 그때 내 스펙이 183에 80킬로그램이었거든. 아무리 근육이 철근 같아도 상대는 벽돌이잖아. 인간 발목이 부러지겠니, 안 부러지겠니. 그래, 부러졌지. 깁스로 끝나지 않았어. 수술로 핀도 박고 한동안 목발을 짚어야 했지.

그래서 경찰서 소환은 어떻게 됐느냐고? 뜸 들이는 거 아냐. 나한테는 넘어진 일도 너무 큰 충격이라 빼놓고는 설명할 수가 없어서 그래. 무엇보다 운동을 할 수 없게 된 게 가장 큰 고통이었지. 하여튼 나는 목발을 짚은 채 안달이 난 엄마와 무관심한 아빠한테 이끌려 경찰서로 갔어. 부모님은 내색하지 않았지만, 나중에 들은바 엄마는 점집을 찾아다니고 아빠는 직장에서 울었대. 마흔네 살이나 먹고 엉엉. 형사는 되게 무서운 사람일 줄 알았는데 그냥 아저씨더라. 공무원 아저씨.

"부라더 미싱하고 갤럭시노트20, 중고 컴퓨터, 에어팟다 본인 거 맞아요?"

형사는 아빠 친구처럼 나긋하게 물었어. 정작 그 애길 들은 엄마와 아빠는 아들의 참수를 기다리는 부모처럼 얼어붙었지.

"맞는데요."

"이거 구매하신 분 연락처 2099에 1021 쓰시는 분이시고요."

할머니의 전화번호였어. 나는 느리게 고개를 끄덕였지.

"대포 폰이었어요. 미싱 판매 글 올리고 구매자한테 여권 사진 보내셨죠?"

여름에 접어드는 6월이었지만 목덜미에 소름이 돋더라. 재봉틀을 팔 때 할머니는 믿을 만한 판매자인지 확인해야 한다며 신분증을 찍어 보내라고 했거든. 그래서 학생증을 보냈더니 그건 못 믿는다고 여권을 보내래. 그래서 바보같이 보냈어. 나 같은 미성년자 신원을 어디 써먹을 데가 있을까 싶었지.

"우리 애 여권으로 뭘 했는데요? 형사님, 네?"

그제야 무심했던 아빠가 속을 태우기 시작하더라. 난 귀싸대기부터 맞고 들어갈 줄 알았는데 말이야.

"위조 여권의 베이스요. 서율이 친구 여권 정보로 열네 개나 위조를 했어요. 얘네가 지독한 게 학생이 올린 글 그대로 복사해서 다른 사기도 쳤어요. 갤럭시노트20은 다른 중고 사이트에 50만 원으로 올리고 먹튀, 에어팟도 먹튀, 컴퓨터도 먹튀. 우리 이서율 학생이 지금은 참고인인데, 얘네 일당 검거 안 되면 민사 들어갈 수도 있어요. 부모님 인지하셨어요?"

형사의 목소리는 멀어지고 할머니의 목소리가 내 귓가에 속삭이는 것 같았어. 그나마 넌 건강한 중독이다. 그는 건강하지 않은 범죄 중독자였던 거지. 벤츠와 명품 지갑, 선글라스도 누군가의 명의를 도용해 쥐어짜 낸 피고름일지 누가 알겠어.

"우리 애도 피해자인데 무슨 소송이요? 미성년자인데도 소송 걸릴 수 있는 겁니까? 얘 아직 만으로 열여섯 살이에요. 덩치만 크지 어린애잖아요."

아빠가 물었어.

"명의를 제공해서 범죄를 도왔잖아요. 피해자 입장에선 공범인 거죠. 보이스피싱에 통장 명의 빌려주고 돈 심부름만 해도 처벌 받는 거랑 똑같아요. 피해자들이 소송 걸 확률은 100퍼센트인데, 아무래도 책임 능력이 없는 미성년자니까 합의 잘 하시면 넘어가지 않을까요."

형사도 안쓰러워하는 눈치였어. 나 되게 한심하게 보일 거다. 어느 멍청한 새끼가 중고 거래를 하는데 여권 사진을 보내겠나 싶지? 근데 사람이 궁지에 몰리면 상식이 사라지더라. 지나간 일은 희미해지는 게 맞는데 난 아직도 그날 여권 보내던 순간이 너무 선명해. 잠깐만 기다려 주시겠어요, 라고 문자를 쓰고 얼른 거실장을 열어 내 여권을 찾았어. 그까짓 사진 한 장이 뭐 그리 대수인가? 당장 몸을 만들어야 하는데, 이런 마음.

그 일당들은 아직 안 잡혔어. 변호사 얘기론 못 잡는다고 봐야 할 거래. 피해자가 나 포함 열일곱 명인데도 그렇더라. 그때부터 나는 이상하리만치 평온해졌어. 늘 쫓기는 기분이었고, 조바심이 났는데 경찰서를 나오니까 맥이 탁 풀리더라. 지은 죄를 모두 털어놔서 그랬을 거야. 부모님은 못난 아들한테 돼지갈비를 사 줬지. 꾸역꾸역 갈비와 냉면을 먹고 집에 돌아오니 푸근한 마음이 들었어. 간만에 아놀드의 채널에 들어가 봤지. 마지막으로 봤을 땐 700개가 넘는 영상이 업로드돼 있었는데 다 삭제되고 하나만 남아 있더라.

아놀드의 첫 번째 영상이었지. 키 172센티미터, 체중은 105킬로그램의 초고도 비만인 소년이었어. 그땐 끝까지 보지 않아 몰랐는데, 영상 후반부에 각오가 몇 마디 섞여 있었어.

"제 목표는 엄마에게 간을 이식해 드리는 겁니다. 지금은 지방간이 심하고 엄마가 격하게 거부해서 못 하고 있습니다. 허락이 떨어지는 날 제대로 홈 짐을 꾸밀 계획입니다. 목표를 달성하면 영상은 삭제하겠습니다. 그럼 고맙습니다."

아놀드는 목표를 달성했을 거야. 그즈음 무사히 퇴원해 회복했겠지. 그러니까 영상을 지웠을 거고. 홈 짐에서 그가 의기양양했던 건, 엄마를 제힘으로 살릴 수 있게 된 뿌듯함 덕분이었겠지. 나는 그제야 아놀드의 채널에 구독 버튼을 눌렀어. 3년이 지난 지금도 나는 아놀드의 영상 업로드를 기다려. 그때 꿀리지 않으려고 여전히 운동하는 거고.

그다음 얘기랄 게 있나. 보다시피 발목은 멀쩡해졌어. 부모님이 염려했던 것보다 난 무난하고 얌전히 고3을 겪어냈지. 적어도 겉으로 그렇게 보이려 애썼어. 하지만 속에선 열병이 들끓었지. 내가 지은 죄는 핑크 덤벨만 한데 감당해야 할 무게는 3대 500보다 훨씬 무거웠거든. 그래서 내 학창 시절은 지독히도 씻내가 났지. 정말 쇠고랑이라도 차면 어쩌나 하루하루가 낭떠러지였어. 부모님은 결국 피해자들에게 중형차 한 대 값의 합의금을 물어 줬어. 소송은 취하됐고, 나는 불효자가 됐지.

사태가 수습되는 동안엔 이전보다 더 열심히 덤벨을 들

었어. 왜긴, 잊어야 하니까 그랬지. 집중을 하면 말이다, 자아가 사라져. 순서가 잘못됐나? 자아가 사라져야 집중이 되는지도 모르지. 그전까진 몸을 만들려고, 아놀드를 추월하려고 운동을 했지만, 문제가 터지고 나서는 현실의 나를 지우려고 덤벨을 들었어. 운동은 내 취미이자 습관이었고, 끊을 수 없는 중독이 되었지.

아놀드보다 더 궁금한 건 할머니야. 어렸을 땐 머리만 희면 할머니인 줄 알았어. 근데 그 일을 겪고 나서 곰곰 생각해 보니 어쩌면 그 사람은 일부러 머리를 탈색한 걸지도 몰라. 가장 무해한 부류로 보이려고 위장한 거지. 부유한 데다 나이 든 여자를 누가 범죄 중독자로 보겠어, 안 그래? 깨닫고 나니 그제야 세상이 달리 보이더라. 모든 중독자는 위장에 능하다는 게 이해됐지. 알코올 중독자도 출근해선 멀쩡히 일할 거고, 마약 중독자는 아무리 아파도 병원 가서 팔뚝 정맥은 안 보여 줄 거 아냐. 평범한 사람들 속에 은신해야 오래도록 중독을 즐길 수 있으니까.

나도 숨기냐고? 글쎄. 운동을 즐기는 척은 하지. 실은 즐긴 적 없어. 늘 의무감이 깔려 있거든. 여기서 하루만 나태해져도 이만큼 쌓아 올린 탑이, 지붕이 쫄딱 무너질 거 같아 겁이 나. 그런 겁쟁이라는 걸 드러내기 싫어서 좋아하는 척, 즐기는 척 위장하는 거지.

술, 담배는 안 해. 게임할 마음의 여유도 없어. 근육이 커지니 뇌 주름은 펴지는 것 같더라. 수련회, 수학여행, MT도 늘 불참했어. 낡은 리조트로 갈 게 뻔한데 그럼 내 하루치 운동량을 채울 수 없잖아. 친구가 없어 심심하겠 다고? 친구가 왜 없어. 전국, 아니 전 세계의 파워 리프터 들이 친구인걸. 매일 운동량을 기록해 공유하고 괜찮은 보충제 정보를 나누지. 가끔은 일탈 글이 올라오기도 해.

오늘 입 터져서 떡볶이 폭식했네요.
여친한테 차여서 집까지 걸어왔는데 근 손실 심할까요.
운동할 때 듣기 좋은 음악 공유합니다.
보충제 직구 핫딜 떴습니다.

우린 얼굴 생김새는 모두 다르겠지만 비슷한 몸을 가졌 어. 직접 만나는 일은 무척 드물어. 정기 모임이 있긴 하지 만, 운동 시간이 서로 다르다 보니 참가 인원은 한 줌이야. 그래도 심심하고 외로울 틈이 없어. 우린 늘 운동 생각뿐 이거든. 그러다 지하철이나 거리에서 서로의 몸을 알아보 고 눈짓을 교환하지. 우린 그것도 눈빛 정모라고 불러.
 어제 네가 무대포짐에 처음 왔을 때, 꼭 예전의 나를 보 는 것 같더라. 아니, 어쩌면 너는 내가 아니라 아놀드를 더 닮았을지 몰라. 난 너보다 더 물렁물렁한 타입이었거든. 몸 만들기엔 이런 살성이 훨씬 유리하지. 배 봐 봐. 아직 하나도 안 텄네. 조건이 딱 좋다. 여하튼 널 보자마자 알아차렸어. 저 녀석 지금 어디선가 동기 부여를 받고 영혼까지 끌어모은 용기로 찾아왔구나. 제대로 된 트레이너만 있으면 철갑을 두를 몸이다. 그런데 친구야. 넌 나처럼 사고 치면 안 돼.

인마, 솔직히 나도 돈 벌고 싶지. 대학 등록금 버느라 트레이너 알바하는 건데, 당연하잖아. 어머니가 바쁘셔서 통화가 안 된다고 하니까 내가 말리는 거지. 중딩이 80짜리 PT 끊는 게 흔한 일은 아니야. 그리고 엄마 카드로 결제하면 다 문자로 알림 간다. 내일 어머니 모시고 다시 오면, 오늘 얘기한 거 그대로 들려 드리고 결제할게. 그래, 알아들었으니 다행이다.

친구야. 마지막으로 한마디만 더 하자면. 운동은 말이야, 아놀드처럼 하는 거야. 중독 말고 몰입.

작가의 말

나는 내 아이가 어떤 사람인지 잘 몰랐다. 아이는 중2까지 고도 비만이었고 축구나 농구, 달리기에선 늘 가장자리인 체육 포기자였다. 어느 날 아이가 아파트 헬스장에 등록하겠다고 선언했을 땐 작게 성을 냈다. 살을 빼려면 적게 먹고 나가서 좀 걷다 오라는 잔소리를 보태며. 그러나 아이의 고집을 꺾을 수 없었다. 제 용돈으로 헬스장에 등록해 버렸다. 성장판 다치면 어쩔래, 무거운 거 들다 척추 망가지면 평생 병원 들락거리는 거 모르니, 운동을 배울 거면 체대 입시에 유리한 걸 골라야지. 아이는 이런저런 정보를, 정확히는 나무위키를 탐독해 얻은 결론을 방패 삼아 헬스를 이어 갔다.

첫 1년은 체중 변화 없이 몸이 단단해지는 게 보였다. 시쳇말로 '근육 돼지'라 불리는 몸을 갖게 되었다. 3대 200을 가뿐히 넘어섰고 구부정했던 몸도 곧아졌다. 고등학교에 입학할 즈음엔 팔뚝에 근육이 우람해 교복 재킷이 빠듯했다. 서서히 군살이 빠지고 어깨가 넓어지고 키도 훌쩍 자랐다. 손바닥에 굳은살이 옹이처럼 박이고 지문도 희미해졌다. 그즈음에 아이는 헬스장을 그만뒀다. 입시 준비를 해야 하니 헬스장에 머무는 시간을 아껴야 한다는 이유였다. 그러고는 이제까지 모은 용돈으로 홈 짐을 꾸렸다. 중고로 사들인 헬스용품과 원판이 아이의 작은 방을 더 비좁게 만들었다. 그 방에 들어가면 늘 쇳내와 땀내가 풍겼다. 아이는 새벽까지 입시 공부를 하는 짬짬이 운동을 하고 지쳐 잠들었다가 허겁지겁 교복을 꿰어 입는 청소년기를 보냈다. 난 해 준 것 없이 건강하고 심지 굳은 아들을 덜컥 선물 받았다.

이 소설은 아이와 나의 첫 합작품이다. 마시멜로 같던 아이가 장승처럼 단단해지기까지 걸린 시간은 5년이었다. 헬스를 반대하던 내 방에도 케틀벨이 생겼다. 어떤 중독은 자신뿐 아니라 타인을 변화시키기도 한다. 그걸 증명해 준 내 아이가 내겐 아놀드인 셈이다. 나는 내 아이가 어떤 사람인지 조금은 이해하게 되었다.

더비

이민항

이민항

대학에서 전자공학을 전공하고, 삼성전자와 씨게이트 코리아에서 하드디스크 개발을
했다. 회사에 다니며 쓴 장편 소설 『최초의 책』으로 2018년 제8회 자음과모음 청소년
문학상을 받으며 작품 활동을 시작했다. 지은 책으로는 『양자역학 소녀』가 있다.

우리 반에 맘에 안 드는 놈이 하나 있다. 처음엔 해외 축구를 좋아한대서 다가갔는데, 애초에 관심을 가지지 말 았어야 했다. 하필, '그 팀'을 응원하는 놈이라니.

나는 맨유의 팬이다.

맨체스터 유나이티드.

응? 손흥민이 주장으로 뛰고 있는 토트넘 홋스퍼가 아 니고?

물론 열에 아홉은 그렇게 말하지만, 그건 맨유의 진면목 을 모르는 사람들이다.

전 세계에서 가장 치열하고 인기 있는 축구 리그인 영 국 프리미어리그. 그곳에서 최다 우승 13회에 빛나는 명문 클럽이자 인류 역사상 가장 위대한 축구 클럽 중 하나.

해외 축구의 아버지, 줄여서 해버지라 불리는 박지성, 프리킥의 마술사 베컴, 긱스, 퍼디낸드, 루니, 에브라, 판 데르 사르⋯⋯. 각 포지션의 수많은 레전드 선수와 이들을 지휘하는 명장 알렉스 퍼거슨 감독. 지금은 논란의 연속인 크리스티아누 호날두도 예전 맨유에 몸담고 있을 때는 조용히 축구만 했을 정도로 말이 필요 없는, 위대하고도 위대한 팀이다.

하지만 아빠 말대로 달도 차면 기우는 법일까. 유럽 축구를 호령하던 맨유가 어째 지금은 예전만 못하다.

그런데 그놈. 박범준이 응원하는 팀은 맨유의 지역 라이벌인 맨체스터 시티다.

왜 하필, 맨시티를⋯⋯.

그래, 인정한다. 아무리 근본 없네, 돈으로 축구하네 해도, 팀은 결국 성적으로 말하니까.

맨시티는 중동 석유 부자 만수르가 인수한 뒤, 펩 과르디올라 감독을 중심으로 승승장구하고 있다. 저저번 시즌엔 프리미어리그 우승, FA컵, 챔피언스리그 우승으로 그 어렵다던 트레블을 달성했고, 저번 시즌엔 다시 리그 우승을 달성했다. 그리고 올 시즌도 강력한 우승 후보다.

누가 그러는데 요즘은 맨체스터 현지에서도 아이들이

맨유보다 맨시티를 더 좋아한다고 한다. 왜냐고? 잘하니까. 지지 않으니까. 사실 나 같아도 중위권에서 엎치락뒤치락하는 팀을 응원하느니, 매번 시원하게 이기고 끝내 우승하는 팀을 응원할 것이다. 그런데 그게 무슨 의미지? 난 그런 인간미 없는 팀은 싫다.

맨유는. 내가 사랑하는 맨유는, 지금은 비록 과거의 영광을 잃고 최강이 아닐지라도, 끈기와 근성을 바탕으로 조만간 왕좌를 되찾을 팀이기 때문이다. 그리고 난 그 과정을 만끽할 준비가 되어 있다.

"어쩌냐? 어젠 하위 팀에게도 빌빌대던데?"

아침부터 범준이가 속을 뒤집어 놓는다. 아오, 저 자식을 그냥! 하지만, 여기서 화내면 지는 거다. 난 전통 있는 팀의 팬이니까 저런 저질스러운 도발에 휩쓸리지 말고 품격 있게 대처해야 한다.

"프리미어리그에 오르는 팀은 다들 한 방은 가지고 있는 팀이라, 하위 팀이라도 방심해선 안 된다."

"그래? 방심 안 하고 진심으로 상대해서 2 대 0으로 발린 거임?"

"언제부터 맨유 경기도 챙겨 봄? 너도 혹시 맨유 팬?"

"지랄하네. 내가 그런 맹구 같은 팀을 왜 응원하냐?"

아오, 저 새끼가. 욕 안 하고 품위 있게 대하려고 했는데 먼저 선을 넘네. 맹구. 맹구. 그놈의 맹구.

"내가 맹구라고 부르지 말랬지!"

"맹구를 맹구라고 부르는데 뭐가 문제?"

"맹구! 또 맹구!"

원래 맹구가 누군지도 모르다가 범준이 때문에 알게 되었다. 하도 맹구 맹구 하길래 유튜브에서 찾아봤는데 예전에 아주 유명했던 코미디 프로의 바보 캐릭터였다. 범준이는 그걸 맨유의 현재 순위인 9위에 빗대어 맹구라고 하는 거다. 맨유＋9위!

내가 더 열받는 건 그렇게 말하는 범준이에게서 왠지 모를 우월감마저 느껴진다는 점이다. 얄밉다. 너무 얄미워! 어떻게 하면 저 번지르르한 얼굴을 울상으로 만들 수 있을까. 나도 범준이를 놀리고 싶다. 미친 듯이 맨시티를 놀리고 싶다. 승리가 좌절된 맨시티 선수단 뒤로 비웃고 있는 맨유 선수들 얼굴을 합성하려고 포토샵도 공부했는데, 정작 써먹을 일이 없네. 어제도 맨유는 지고 맨시티는 이겼다. 오늘도 영국 프리미어리그 1위는 맨체스터 연고팀인데, 빨간 유니폼의 맨체스터 유나이티드가 아닌 하늘색 유니폼의 맨체스터 시티 FC다.

"야, 긁혔냐? 뭘 그런 걸로 긁히고 그래."

쉬는 시간, 범준이가 다시 내 자리로 왔다. 아깐 맹구라고 놀려서 미안하다나? 웬일로 이런 마음에도 없는 소릴 하나 했는데, 범준이는 능청스럽게 아직 포장도 뜯지 않은 카드 팩 몇 개를 내밀었다. 학교 앞 무인 문방구에서 파는 은빛 포장의 축구 선수 카드였다.

"이게 뭔데? 맨체스터 팩?"

"맨체스터만 보고 샀는데, 똥 밟았다. 여기 작게 쓰여 있잖아. 맨시티랑 맨유 선수 같이 들어 있다고. 뜯어볼래? 어떤 선수 들어 있는지 궁금하지 않냐? 맨유 선수 나오면 너 줄게."

카드를 준다는 말에 솔깃해진 나는 범준이 말대로 하기로 했다. 부드럽게 찢어지는 포장 사이로 다섯 장의 선수 카드가 눈에 들어왔다. 다행이다. 선수 카드만 들어 있어서. 어떤 때는 선수 카드 대신 드리블+10, 팀워크+10, 태클 확률 10% 상승 등 선수들의 능력치를 올려 주는 부스터 카드가 들어 있는데, 사실상 꽝이나 다름없다. 외국 커뮤니티에선 선수 카드에 부스터 카드를 더해서 가상의 축구 게임을 하는 것 같던데, 재밌어 보이긴 하지만 어떻게 하는지는 잘 모른다. 우리야 그저 선수들 사진하고 능력치가 같이 붙어 있으니까 단순한 호기심으로 사는 거다.

"와, 능력치 실화냐."

카드 팩에는 맨체스터 연고 팀 축구 선수들, 그중에서도 미드필더로 활동 중인 선수들이 담겨 있었다. 그런데 범준이는 맨유 선수들의 카드를 보자마자 능력치가 안 좋다며 눈살을 찌푸렸다. 맨유 선수가 어때서? 물론 개중에는 받는 연봉만큼 활약하지 못하는 선수도 있다. 기껏 비싼 돈을 들여 계약했는데 부상으로 드러눕는다든가, 실력이 갑자기 떨어진다든가, 감독 말을 안 듣는다든가, 자기 관리에 실패해서 구설수에 오른다거나. 그래도 그런 선수가 맨유에만 있는 것도 아닌데, 카드 능력치만 보면 왠지 맨유에 그런 선수만 띈다는 느낌이 든다. 하지만 실상은 다르다. 요 몇 경기 맨유는 지더라도 끝까지 따라가는 모습을 보여 줬기 때문에 아마 근성 능력치가 있다면 최고를 찍을 것이다.

그래도 현재 맨유의 주장이자 붙박이 주전 미드필더인 브루노 페르난데스가 맨시티에서 주전과 비주전을 왔다 갔다 하는 잭 그릴리시보다 능력치가 낮은 건 말이 안 된다. 같은 포지션인데 능력치 차이가 너무 심하잖아? 아마 그릴리시의 나이가 어려서일 것이다. 게다가 맨시티 선수들의 사진은 경기 전에 찍었는지 깔끔하고 단정한 모습인데 반해, 우리 맨유 선수들은 전반전 후반전 풀타임을 뛰고 연장까지 뛴 선수처럼 후줄근하고 지쳐 보였다. 역시 카드가 이렇게 나온 건 맨유가 타 팀의 견제를 받아야 할 만큼 인기 구단이어서겠지?

"에이, 맨유 선수 몇 개 가질까 했는데 생각보다 구리네. 너 다 가져라."

범준이가 맨시티 선수들 카드만 쏙쏙 챙겨 가자, 나는 아무 일 아닌데도 열이 뻗쳐올랐다. 저 은근히 자신감에 차 있는 웃음이 미워서였다. 왜 매번 범준이에게 이런 멸시를 당하는 걸까? 내 죄라곤 아빠가 박지성 선수를 좋아해서 나도 맨유 팬이 된 것밖에 없는데. 이젠 박지성 선수도 은퇴하고, 퍼거슨 감독도 그만두고, 아빠는 취미가 축구에서 스크린 골프로 바뀌었는데……. 왜 평생 가 본 적 없는 영국 맨체스터의 축구팀들은 지구 반대편의 중학생을 괴롭히는 걸까?

반격의 시간은 의외로 빨리 찾아왔다.

급식을 먹고 있는데 담임 선생님이 나를 교무실로 불렀다. 점심시간 끝나고 바로 수업이 있어서 부득이하게 지금 불렀다나? 알고 보니 이번 영어 시험에서 점수가 안 좋은 애들만 부르는 거라고 했다.

"넌 영국 프리미어리그 좋아한다며 영어 점수가 왜 이 모양이야?"

"그게……. 좋아하는 거랑 잘하는 건 다르니까요."

내 딴에는 변명이라고 했는데, 담임 선생님은 고개를 끄덕이더니 맞는 말이라며 웃었다. 사실 영국 축구도 좋아하고 영어 과목도 싫진 않지만, 축구 용어하고 축구 선수 이름을 외우는 게 전부다.

"네 말도 맞지만, 그래도 진짜 프리미어리그 팬이 되어 볼 생각은 없어? 네가 나중에 영국 현지로 축구 경기를 보러 갔다고 생각해 봐. 거기 팬들이랑 어울려서 응원하려면 영어 정도는 기본으로 해야겠지?"

선생님의 말에 나는 머리가 떵해졌다. 이런 식으로 반격할 줄이야. 역시 배우신 분은 다르다니까. 다음엔 좀 더 노력해 보겠다고 하고 인사하고 나오는데 선생님이 교실에 가서 낙제자를 하나 더 붙잡아 오라고 했다. 알고 보니 범준이 녀석이었다.

"야, 쌤이 밥 다 먹고 교무실로 오래."

"뻥치지 마."

"내가 그런 뻥을 왜 치냐?"

"무슨 일로?"

"영어 점수 때문이지. 근데 너 몇 점이냐?"

"너는?"

"내가 먼저 물어봤으니, 너부터 말해."

나와 범준이는 한동안 누가 먼저 점수를 말할지 옥신각신하다가 결국 직접 말하는 대신 손가락으로 표현하기로 했다. 녀석은 한숨을 크게 쉬더니 다섯 손가락을 쫙 폈는데, 그걸 보는 순간 나는 밥알이 튀어나올 정도로 크게 웃었다. 그리고, 난 뭐라도 되는 양 오른손을 쫙 편 다음, 그 옆에다 왼손 검지 하나를 더했다.

"넌 프리미어리그 좋아한다는 애가 영어 점수가 그게 뭐냐? 나중에 영국 현지로 축구 경기를 보러 갔다고 생각해 봐. 거기 팬들이랑 어울려서 응원하려면 개네들 말도 할 줄 알고, 이런 것도 먹을 줄 알아야지."

나는 승리의 세리머니로 식판에 있던 동태전 하나를 한입에 털어 넣었다.

"영어 점수는 그렇다치고 동태전하고 프리미어리그가 뭔 상관인데?"

"피시앤칩스 몰라? 영국 음식. 거기서 피시가 동태전이고, 칩스가 감튀야. 이거 봐라. 이거, 영국 말도 못 하고, 영국 밥도 못 먹고……. 아직 찐팬이 되려면 멀었구만."

그러자 범준이는 먹던 숟가락을 놓더니 자리에서 일어섰다.

"동태전 먹다 가시가 목에 걸린 적이 있어서 그런다, 왜? 이런 건 너나 배 터지게 먹어."

"아, 그려. 그려."

"넌 진정한 팬 해서 9등 실컷 해라. 난 맨시티 팬 해서 1등 할 거니까."

범준이가 뒤도 안 돌아보고 식판을 들고 갔다. 녀석도 평소의 나처럼 열받은 게 틀림없었다. 흐흐흐, 뭐 때문이지? 영어 점수? 찐팬이 아니라서? 근데, 왜 이리 허탈할까? 이번엔 분명 내가 이겼는데.

작년에 나는 친구들 사이에서 해외 축구 박사, 일명 '해박'으로 통했다. 영국, 독일, 이탈리아, 스페인 리그의 웬만한 팀들과 선수들을 알고 있어서다. 컴퓨터 축구 게임을 할 때도 해박을 찾으면 그 팀의 1군 스쿼드, 스타플레이어, 역사, 전술, 심지어 구장이나 서포터들 특징까지 해박한 지식을 줄줄이 읊어 주었다. 나는 소위 말하는 '축잘알'이었다.

하지만 올해는 해박은커녕 '축알못'이 되고 말았다. 축구에 대해 갑자기 무식해졌다기보다 다른 애들과 축구 얘기를 하다가도 범준이만 끼어들면 왠지 모르게 주눅이 들어 입을 다물어서다. 범준이가 애들 앞에서 날 대놓고 무시하는 것도 아닌데 왜 그럴까? 그럴 때마다 내가 할 수 있는 거라곤 주일마다 교회에 나가 하나님께 기도하는 게 전부였다.

하나님, 제발 맨유가 챔피언스리그에 나가게 해 주세요.

챔피언스리그는 유럽 최상위 축구 클럽이 겨루는 토너먼트 경기다. 전 세계에서 4억 명이나 시청한다는데 이 정도면 월드컵을 제외하고 최고의 축구 축제나 다름없다. 퍼거슨 감독이 있을 때는 맨유가 챔피언스리그에서 우승하는 게 연례행사와도 같았지만, 지금은 챔피언스리그에 출전하는 것 자체가 기적이다. 현재 맨유의 리그 순위는 맹구라 불리는 9위. 챔피언스리그는 리그 4위부터 나갈 수 있는데, 남은 경기 수를 봐선 올해도 글러 먹은 것 같다. 하나님은 내 기도는 들어주실 생각이 없나 보다.

매주 수요일 오후엔 학교에서 스포츠 클럽 활동이 있다.

당연히 나는 축구 스포츠 클럽에 참여하고 있는데, 스클이 있는 날에 몇몇 애들은 급식을 빨리 먹고 빈 교실에서 시간을 보낸다. 뭐 대단한 일을 하는 건 아니고, 스클 시작까지 애매하게 남는 시간 동안 유튜브로 축구 동영상을 본다. 평소에는 일과가 다 끝나야 휴대폰을 돌려받지만, 수요일에는 오전 수업이 끝나면 받기 때문이다.

"어제 경기 봤어?"

옆 반 재민이는 스페인 프로 축구 클럽 레알 마드리드의 팬이다. 축구 선수라면 누구나 가고 싶어 한다는 클럽. 실력과 역사 면에서는 맨유를 능가하지만, 솔직히 스페인 프로 축구에는 별 관심이 없다. 그런데도 재민이는 한때 해박이던 내 견해를 듣고 싶어서인지 어제 있었던 '엘 클라시코 더비'에 대해 신나게 떠들었다. 내가 듣든지 말든지.

"그거 새벽 네 시 경기 아니냐?"

"잠이야 학교에서 자면 되잖아."

엘 클라시코 더비는 스페인 프로 축구의 레알 마드리드 CF와 FC 바르셀로나가 치루는 경기로 두 팀 모두 스페인 뿐만 아니라 전 세계에서 실력과 인기 면에서 1, 2위를 다투는 라이벌이다.

"아오, 어제 이길 수 있었는데. 후반에 집중력이 흐트러져서 아쉽게 1 대 1로 비겼어. 참, 너네 더비는 언제냐? 챔스 일정이랑 겹치나 해서."

"더비? 무슨 더비?"

"응? 너 축알못이야? 더비를 모르다니."

"아니. 맨유는 더비가 하도 많아서……. 레알처럼 한두 개만 있는 것도 아니고."

축구 라이벌 팀 간의 경기를 더비라고 하는데, 맨유는 역사와 전통을 자랑하는 팀답게 그런 더비가 정말로 많다. 당장 떠오르는 것만 해도 북동쪽 대도시 라이벌전인

리버풀 FC와의 노스웨스트 더비, 장미 전쟁 때부터 이어져 내려온 리즈 유나이티드와의 로즈 더비, 요즘은 똑같이 빨간 유니폼을 입는다고 아스널 FC와 더비는 아니지만, 더비에 준하는 경기를 치르기도 한다. 하지만, 모두가 인정하는 가장 치열한 더비는 뭐니 뭐니 해도…….

"내일이야."

화장실에 다녀온 범준이가 끼어들자, 재민이는 날 제치고 범준이에게 붙었다.

"이번에도 맨시티가 이기겠지?"

"당연하지."

"축구에 당연한 게 어딨어?" 내가 끼어들었다.

"축알못이네. 저번에 그런 처참한 경기력을 보이고도 맨유가 이긴다고?"

"너야말로 축알못이네. 내일은 맨유 홈구장인 올드 트래퍼드에서 경기한다고. 맨유 홈 3연승 중인 거 몰라?"

"홈에서 한다고 100퍼센트 이긴다는 보장이 어딨어?"

"솔직히 돈 쓴다고 100퍼센트 이기는 것도 아니잖아. 그리고 좋은 선수 다 사서 이기면 그게 무슨 축구냐."

내 말에 범준이도 재민이도 안색이 싹 변했다. 그도 그럴 것이 두 팀 모두 재정 상태가 좋아서 좋은 선수들을 많이 데리고 있기 때문이다. 재민이에겐 미안하지만, 범준이에게 기죽지 않으려다 그만 쓸데없는 말까지 해 버렸다.

"말 다 했어?"

"두고 봐. 내일 맨체스터 더비는 축구가 돈이나 좋은 선수가 다가 아니라는 걸 보여 주는 경기가 될 테니까."

그러자 내 말에 어이없어하는 재민이와 달리 범준이는 냉정한 목소리로 대답했다.

"좋아. 그럼 내기할까? 내일 맨체스터 더비에서 누가 이기는지."

"무슨 내기?"

"내일 더비 경기에서 이기는 팀이 최고의 팀이라고 인정하기로."

"좋아."

나는 흔쾌히 범준이의 제안을 받아들였다. 축구는 기세니까. 저번 영어 점수도 내가 이겼으니, 이번에도 이겨서 축구에 관해서는 아예 찍소리도 못 하게 해 줄 테다. 그러자 재민이가 중간에 끼어들었다.

"에이, 그건 너무 싱겁잖아. 돈으로 축구하는 팀이라 정말 미안한데, 자고로 승부엔 돈이 들어가야지. 안 그래?"

"뭐…… 그렇지."

"지는 사람이 이기는 사람한테 유니폼 사 주기 어때? 라이벌 팀의 유니폼을 내 생돈 들여서 산다. 뭔가 굴욕적이지 않아?"

재민이의 제안에 나와 범준이는 누가 시키지도 않았는데 고개를 끄덕였다.

"아예, 두 벌을 사서 한 벌은 진 사람에게 입히고 상대 팀이 최고라고 말하는 건 어때?."

"오오, 그거 재밌겠다. 제대로 굴욕이겠는데? 역시 사악한 쪽으로는 다들 머리가 비상하다니까."

객관적으로 맨시티가 강하지만, 요즘 맨유 또한 홈에선 극강이라, 승부를 걸어 볼 만하다고 생각했다. 범준이가 맨유의 고추장 유니폼을 입고 "맨유는 세계 최고의 팀이다!" 하고 외치는 장면을 상상하니 히죽히죽 웃음이 터져 나왔다. 물론 그건 승패가 정해졌을 때 얘기고, 비기면 없던 일로 하기로 했지만.

"좋아. 까짓거! 용돈 좀 아끼면 사니까."

"아니. 내가 말한 건 그런 싸구려 말고, 선수들이 입는 최상급 유니폼 말한 건데?"

집에 와서 인터넷을 찾아본 나는 축구 유니폼에도 소고기처럼 등급이 존재한다는 사실을 알았다.

정품과 가품으로 구분하는 건 기본이고, 정품에도 등급이 있다. 내가 2, 3만 원 정도면 사는 줄 알았던 정품 유니폼은 실은 레플리카라고 해서 디자인만 같고, 소재나 디테일은 차이가 나는 제품이었다. 재민이가 최상급 유니폼이라 말한 건 어센틱 혹은 베이퍼니트라 불리는데, 한우로 치면 '투뿔'쯤 되는 유니폼이다. 디자인은 물론이고, 소재나 디테일 또한 선수들이 입는 유니폼과 똑같다. 이보다 더 최상급은 선수들이 경기장에서 실제로 입고 뛴 실착 유니폼으로, 특히 호날두나 메시 같은 유명 선수가 입고 뛰었던 유니폼은 부르는 게 값이다.

게다가 축구팀은 해마다 유니폼 디자인이 바뀐다. 디자인뿐만 아니라 스폰서가 바뀔 수도 있고, 어깨에 붙는 패치가 바뀔 수도 있다. 따라서 실질적으로 구할 수 있는 가장 비싼 유니폼은 올해 입는 어센틱 유니폼이다. 여기에 선수 이름을 마킹하고 챔피언스리그 패치까지 부착하면 가격이 더 올라간다.

공식 유니폼 판매 사이트에 들어가서 범준이가 말한 최고 등급의 어센틱 유니폼 가격을 확인하니 가격이 무려 23만 원이나 했다! 두 벌을 사야 하니 가격도 두 배!

이거 만만치 않은데?

> 무슨 유니폼이 46만 원이나 해

내가 문자를 보내자, 범준이는 만에 하나 맨시티가 지면 내게도 그와 똑같은 등급으로 해 주겠단다. 그래? 하이 리스크 하이 리턴! 위험을 감수해야 보상은 더 달콤해진다. 오라, 달콤한 보상이여. 나는 범준이의 말대로 하기로 했다. 범준이 자식, 어디 한번 당해 봐라.

"Everyone has a plan, until they get punched in the mouth."
누구나 그럴싸한 계획이 있다. 한 대 맞기 전까진.

마이크 타이슨 前 복싱 헤비급 세계 챔피언

이것들이 진짜…….

새벽에 쏟아지는 졸음을 참아 가며 열심히 맨유를 응원했건만, 내 사랑 맨유는 홈구장인 올드 트래퍼드에서 맨시티에 굴욕적인 패배를 당했다. 패배는 얌전한 말이다. 이럴 때는 '발렸다'는 표현을 쓰는 게 맞다.

맨유는 전반 20분까지만 축구하는 팀 같았다. 이후에는 맨시티의 파상 공세를 막기에 급급하다가 스트라이커 엘링 홀란에게 한 골을 먹히고 난 뒤 급격하게 무너졌다. 그래도 전반을 1 대 0으로 마쳤을 때만 해도 "아직 할 만해! 할 수 있어! 괜찮아!"를 외치며, 마치 올드 트래퍼드에서 직관하듯이 육성으로 선수들을 독려했지만, 후반전

이 시작되자마자 교체로 출전한 잭 그릴리시가 브루노 페르난데스의 공을 빼앗아 단독 드리블하여 골로 연결하는 걸 보곤 리모컨을 집어 던졌다. 경기 막판에는 더는 싸울 의지도 과거의 자존심도 잃은 듯 어이없는 수비 실책으로 한 골을 더 내줬다.

최종 스코어 3 대 0. 맨유 감독도 화를 주체하지 못했는지 맨시티 감독과 인사도 안 하고 떠났다. 이를 보던 나는 허탈한 마음은 둘째 치고 걱정이 앞서기 시작했다.

이를 어쩌지…….

빨개진 눈을 하고 학교에서 꾸벅꾸벅 졸다가 뺨에 차가운 느낌이 들어 눈을 떴다. 범준이가 콜라 하나를 내게 건네주었다.

"와, 어제 경기 봤어? 세 골이나 터졌더라. 흐흐흐."

오늘따라 눈을 가늘게 뜨고 말하는 범준이가 더욱 얄미웠다. 내가 뭐라 반박하려는데, 그런 내게 대고 범준이가 조용히 말했다.

"약속 지켜라. 이번 달까지."

다른 때 같으면 무시했겠지만, 이번에는 왠지 그럴 수 없었다. 만일 무시하고 넘겼다간 진짜로 범준이에게 지는 것 같아서였다. 게다가 난 품격 있는 명문 구단의 팬이다. 비록 경기는 졌어도 찌질하단 말까지 듣고 싶진 않다. 그런 찌질함은 돈으로 축구하는 어디 근본 없는 팀의 팬이나 하는 짓이다. 일찍이 박지성 선수는 '쓰러질지언정 무릎은 꿇지 않는다.'라고 말했다. 내가 도망치는 건 해버지도 퍼기 경도 바라지 않을 것이다.

나는 다시 폭풍 검색을 하기 시작했다. 그러다 상단에 뜬 광고 하나를 보게 되었는데, AI의 시대인지라 내가 몇 번 검색하니 거기에 맞춰 알아서 띄워준 광고였다.

클릭 한 번으로 최저가를 만나세요.

그것은 요즘 한창 인기몰이 중인 해외 직구 사이트였다. 내가 클릭할 수밖에 없었던 건 정품 유니폼을 시중가보다 훨씬 저렴하게 파는 데다 2부 리그 유니폼도 구할 수 있다는 말 때문이었다.

해외 직구 사이트에 들어가 판매자를 검색하던 나는 드디어 마음에 쏙 드는 판매자를 찾아냈다. 'real football store'라는 판매자였는데, 어센틱 유니폼을 그 어느 곳보다 저렴하게 판매하는 곳이었다. 실착 샷도 있어서 판매자 이름처럼 믿을 수 있었고, 더욱 마음에 든 건 등판에 선수 이름을 마킹하는 가격이 공짜라는 점이었다. 그렇게 해서 나온 가격은 두 벌에 34만 원! 만만한 가격은 아니어도 원래 가격보다 무려 12만 원이나 아낄 수 있다. 그래, 한우를 고집할 일이 뭐가 있어. 한우가 비싸면 호주산을 사 먹으면 되지!

나는 용돈 통장과 세뱃돈 통장을 확인해 보았다. 탈탈 털어 보니 40만 원이었다. 정식 사이트에서 구매하려면 이 돈으로는 어림도 없지만, 해외 직구 사이트에서는 유니폼을 사고도 돈이 남는다. 나쁘지 않다.

글로리~ 글로리 맨 유나이티드~ ♪ 글로리~ 글로리 맨 유나이티드~ ♪

나는 '영광 할렐루야' 찬송가를 개사한 맨유 공식 응원가를 흥얼거리며, 쿨하게 구매 버튼을 눌렀다. 합리적인 소비는 언제나 기쁨을 준다. 만에 하나 안 좋은 일이 생겨도 주문한 날부터 30일 안에는 무료로 환불해 준다고 한다. 해외 배송이라 일주일이나 걸린다지만 충분히 기다릴 수 있다.

스포츠 클럽이 있는 날, 하지만 나와 범준이는 구석에서 패스 연습을 하고 있었다. 오늘은 다른 팀하고 친선 경기가 있는데, 둘 다 주전으로 뽑히지 않은 탓이다. 축구공이 왔다 갔다 하는 사이 우리는 아무 말 대잔치를 했다.

"왜 명중이 자식이 주전인지 모르겠네. 그 새끼 패스도 안 하는데. 지가 무슨 호날두라도 되나."

"호날두는 주면 골이라도 넣지. 걔는 줘도 못 넣어."

"그러고선 맨날 패애쓰. 패애쓰. 패스 안 주면 두 손 내밀고, 한숨이나 쉬고."

"걘 영어를 패스밖에 모를걸."

"그치. 골은 못 넣으니까. 골이 G로 시작하는지도 모르겠지."

"근데 스클 쌤은 왜 자꾸 명중이 쓰지? 걔네 엄마가 뒷돈이라도 줬나?"

"몰라. 유니폼이라도 사 줬나 보지. 저번에 보니까 쌤 비싼 거 입고 왔던데."

"맞다. 잊고 있었네. 유니폼 어떻게 됐냐?"

그러고 보니 내가 산 유니폼은 일주일이 지나 이주, 삼주가 지났는데도 배송 출발 국가에서 움직일 생각을 하지 않는다. 틈날 때마다 컴퓨터를 켜서 확인해 봐도 언제나 '배송 대기 중' 상태다. 배송이 진행되어야 운송장 번호가 나오고 배송 조회를 할 수 있는데.

"닦달하지 마, 인마. 저번에 구매 버튼 누른 거 보여 줬잖아. 좀 기다려."

나는 축구를 보며 기다릴 줄 아는 지혜를 배웠다. 월드 클래스 선수는 열 번의 찬스를 놓쳐도 열한 번째에는 골을 넣을 수 있고, 유망주가 탑 클래스 선수가 되려면 꾸준히 출전 기회를 받아야 한다. 그리고, 조금 못한다고 감독을 자르면 팀이 망한다. 사실 맨유에 망조가 들기 시작한 것도 퍼거슨 감독이 은퇴한 후, 매번 감독을 바꾸는 그 조바심 때문이었다.

요즘 해외 직구가 활발해지며 사기가 기승을 부리고 있어 소비자의 피해가 속출하고 있습니다.

물론 나도 저 뉴스만 보지 않았으면 조바심 내지 않았을 것이다. 그러나, 결국 불안이 이겼다. 승리한 불안감은 무자비한 본색을 드러내며 내 정신을 조금씩 갉아먹기 시작했다. 돈이 판매자에게 송금되지 않은 건 아닐까? 배송은 시작되었는데 도중에 상품이 분실된 건 아닐까? 누가 훔쳐 간 건 아닐까? 아님, 홍수? 태풍? 지진?

금세 한 달이 지나고 축구 경기가 하나도 눈에 들어오지 않는 지경에 이르자, 참다못한 나는 해외 직구 사이트의 고객 센터에 전화를 걸었다. 된다, 안 된다. 어떤 답이라도 들어야 속이 후련할 것 같아서였다.

다행히도 친절한 고객 센터 누나가 내가 주문한 상품에 관해 알아봐 준다고 했다. 30분이나 기다려야 했고, 대기 시간 동안 들리는 색소폰 연주 음악이 내 취향이 아닌 것만 빼곤 기다린 보람이 있었다. 이윽고 고객 센터 누나로부터 다시 연락이 왔다. 업체의 연락처가 바뀌어서 수소문해 본 결과 배송이 시작되었다고 한다! 나는 누나에게 연거푸 감사하다는 말을 전하고, 이후 날아온 고객 만족도 조사에서 별 다섯 개를 찍었다. 그래, 기다리면 되잖아.

그리고 나흘 정도 더 지났을 때, 한 통의 문자를 받았다.

> **[지식 재산권 통관 보류 안내]**
> 안녕하세요. 관세 및 통관 대행사 뫄뫄뫄입니다.
> 고객님께서 구매하신 상기 물품은 세관 개장 검사 중 지식 재산권 침해 확인 대상으로 통관이 보류되었습니다.
> 지식 재산권 침해로 인해 통관이 보류된 경우 반송이 불가합니다.
> 관련 문의는 구매처를 통해 하시기 바랍니다.

나는 문자에 적힌 연락처로 전화를 걸었다.

"이게 어떻게 된 일이에요?"

"말씀드린 대로 구매하신 물품이 관세청에서 통관 보류되었어요."

"그런 게 어딨어요? 전 분명 돈 주고 샀는데……. 그럼,

상품을 못 받는단 말인가요?"

"네."

"아이, 참……. 그러지 마시고. 어떻게 받을 방법이 없을
까요?"

"죄송합니다. 고객님 물품은 너무 노골적으로 베낀 상품
이라……."

"네? 베끼다니요?"

"베낀 것도 베낀 거지만, 판매자가 질이 안 좋아요."

그 뒤에 설명을 들었는데 대략 이런 내용이었다. 요즘
가품을 파는 판매자의 수법인데 가품을 진품처럼 사진만
조작해서 올린 다음, 직구 사이트에서 제재를 가하면 바
로 폐업 신고하고 다른 판매자로 위장하는 수법이란다.
구매 후기 또한 조작한 거라나. 결국 난 싼 가격만 찾다가
스스로 개미지옥으로 걸어 들어간 셈이었다. 어쩔 수 없
는 일이지만, 고심 끝에 한 발 물러나기로 했다.

"알았어요……. 그럼, 다시 알아볼 테니 환불해 주세요."

그러자 자기들은 통관 대리 업무만 해서 환불은 자기네
소관이 아니니 구매 사이트에 직접 문의해야 한다고 했
다. 더는 얘기가 통할 것 같지 않아 곧장 고객 센터로 전
화를 걸었는데, 여기서도 이해하기 힘든 답변이 돌아왔다.

"죄송하지만, 이런 경우는 무료 환불뿐만 아니라 바로

환불도 어려우세요. 방법이 아예 없지는 않은데, 해외에 있는 저희 담당 매니저에게 영어로 이메일에 사유를 적어서 보내면 환불이 되는 절차를 알아봐 줄 거예요. 당장 답변이 안 와도 계속하시다 보면……."

"뭐라고요?"

이게 무슨 날벼락이란 말인가.

물건도 받지 못했는데, 환불도 어렵다니…….

그럼 내 돈, 내 피 같은 돈 35만 원(배송비 만 원 포함)은 어떻게 되는 거지?

휴대폰을 든 손이 벌벌 떨리기 시작했다.

누구에겐 얼마 안 되는 돈일지 몰라도 내겐 전부나 다름없는 돈이다. 게임기를 사려고 작년부터 아끼고 아껴왔던 돈이다. 물건이나 받으면 억울하지나 않지.

요즘 나 같은 일을 당하는 사람들이 적지 않게 나오지만, 지식 재산권 침해는 전 세계적으로 민감하게 관리하는 사항이라서 당장 구제할 수 없다고 한다. 그래도 사태의 심각성을 알고 있으니 조만간 방안을 마련해 보겠단다. 내가 거의 울먹이며 말해도 아직은 가이드가 없어서, 안타깝지만 당장은 폐기밖에 답이 없다고 한다. 어째서 티브이에서만 보던 일이 나에게…….

하는 수 없이 나는 다시 통관 대행사에 전화를 걸어 폐기 절차를 안내해 달라고 했다. 축구 게임 세이브 데이터가 게임 회사의 업데이트 실수로 날아갔을 때도 이렇게 억울하고 분하진 않았다. 억울함과 분함을 넘어 참담함마저 느껴졌다. 내 목소리가 이상하다 느꼈는지 정품임을 입증할 수 있는 서류가 있으면, 자기들이 그걸 관세청에 보내 통관이 가능하다고 한다. 애초에 짝퉁에 그런 게 있을 리가 없잖아. 어찌할 길이 보이지 않았다.

결국, 직구 사이트에 사유를 영어로 명백히 그리고 지속적으로 보낼 자신도, 관세청에 정품 입증 서류를 보낼 능력도 없는 나는 그대로 폐기 절차를 진행해 달라고 했다. 그러자 통관 대행업체는 이런 나를 두 번 죽이려는 건지 물품 포기 각서를 쓰고 간이 통관 수수료 및 폐기 비용으로 1만 5천 원을 추가로 내야 한다고 했다. 이미 멘탈이 털려 버린 나는 그러겠다고 했다.

물품 포기 각서

품명	SPORTS UNIFORM (MAN CITY AUTHENTIC FOOTBALL SHIRTS)

이 물품의 폐기에 동의합니다.

결국, 난 물건도 못 받고, 구매 비용을 날린 것도 모자라 화형식 비용까지 지불하고 말았다.

주말 오후, 엄마는 동창 모임에 가고 없었다. 아빠는 러닝셔츠에 반바지 차림으로 거실 소파에 일자로 누워 있었는데, 아마 그냥 눈만 감고 있거나 진짜로 낮잠을 자거나 둘 중 하나였다. 나는 이런저런 고민 끝에 아빠에게 다가갔다.

"아빠. 자? 나 할 말이 있는데……."

"안 자. 뭔데?"

"그게 있잖아……. 한 달 전에 친구하고 내기를 했는데 말이지……."

나는 지금의 상황에 대해 아빠에게 털어놓았다. 하나의 보탬 없이 말이다. 아빠는 눈을 감은 채로 내 말이 끝날 때까지 잠자코 듣고만 있었다.

"다 했어?"

"응."

"그럼, 이제 아빠가 말할게. 일단 그 돈은 네게 줄 수 없어. 그런 것도 다 네가 살아가는 데 필요한 경험이거든. 왜 물건을 충동적으로 사면 안 되는지, 왜 터무니없이 싼 물건은 의심을 해 봐야 하는지, 왜 많은 돈이 걸린 내기를 하면 안 되는지 말이야. 가서 친구한테 솔직히 말해. 이러이러하게 되었으니 없던 일로 하면 안 되겠냐고."

"걔가 싫다고 하면 어떡해?"

"그 친구는 금전적으로 직접 손해 본 게 없으니까 만일 그 친구가 널 진짜 친구라고 생각하면 그냥 됐다 하고 말걸? 그런데도 만일 끝까지 받아 내야겠다고 말하면 그땐 아빠가 돈 조금 줄 테니까. 대충 너 입는 걸로 사서 퉁쳐. 그 친구는 널 그 정도로밖에 생각하지 않는 거니까."

내가 원하던 답은 아니었지만, 난 아빠가 한번 정하면 엄마도 할머니도 할아버지도 못 꺾는다는 걸 알고 있다. 아빠는 아빠 나름대로 현실적인 답을 준 거였다. 만일 범준이가 봐주는 대신 1년간 빵 셔틀을 하라고 하면 어떡하지? 어찌 보면 더 굴욕적인 일이 벌어질지도 모르는 상황에서 나는 다시 내가 제일 좋아하는 박지성 선수의 명언을 떠올렸다.

쓰러질지언정 무릎은 꿇지 않는다…….

스포츠 클럽 수업에 들어가기 전 나는 범준이 자리로 갔다. 오늘따라 다른 애들은 좀 늦는지 교실에는 범준이와 나 둘밖에 없었다.

"야, 우리 오늘 주전이래. 둘 다 A팀. 유니폼이라도 맞취야 하는 거 아닌가? 매번 자유 유니폼이라 패스할 때마다 헷갈린다니까."

범준이가 내 속도 모르고 실실댔다. 그래……. 힘들지만 말해야 한다. 승자는 범준이고, 내겐 선택권이 없으니까. 게다가 패배의 대가를 마련하기도 어려운 상황이다. 범준이가 어떤 결정을 내리든 난 따라야 한다. 견뎌 내야 한다. 맨유가 올해 9위를 해도 내년의 우승을 바라보듯이 이번 일을 견디고 다음을 노려야 한다.

"유니폼 얘기가 나와서 말인데, 저기……. 약속 못 지킬 것 같다."

"뭐?"

"그, 지난번에 더비 때 내기한 거……."

"응? 아, 그거? 왜?"

내가 우여곡절을 얘기하자 범준이는 특유의 코웃음을 치더니, 팔짱을 끼고 뭔가를 생각했다. 내게 그 시간은 배가 아픈데 화장실 칸이 모두 차 있어 기다릴 때만큼이나 길게 느껴졌다.

"뭐, 사정은 딱하네."

"대신 네가 시키는 건 최대한 해 보도록 할게."

"좋아. 딴소리하기 없기야. 내가 시키는 대로 크게 외치면 저번 내기는 없던 일로 해 줄게."

"정말이야? 정말이지?"

"내가 뭘 외치라고 할 줄 알고?"

"어쩔 수 없잖아. 내기는 내기니까."

나는 오늘 역사 시간에 배운 인조가 된 기분이었다. 1637년 삼전도의 굴욕. 청나라의 침입에 남한산성으로 들어가 항전하던 인조는 성안의 물자가 떨어지자, 청나라 황제에게 항복한다. 그러면서 삼궤구고두례를 했는데 머리를 바닥에 찧어 이마에서 피가 흐를 정도로 절을 했단다.

그렇다. 나는 패배했다. 하지만 맨유의 품격, 맨유라는 클럽의 자존심을 지키기 위해서라도 난 그 패배를 인정하고 삼궤구고두례를 해야 한다. 다만 이렇게 굽힐지언정 꺾이진 않을 것이다. 그리고 앞으로도 꺾이지 않기 위해서 난 지금 굽혀야만 한다. 누가 그랬던가, '진실로 곧은 길은 굽어 보이며 길은 원래 구불구불한 법'이라고. 이 상황하고 맞지 않는데 왜 그런 말이 생각났는지는 모르겠다.

"좋아, 그럼 따라 해 봐. 맨시티는 세계 최고의 팀이다!"

"맨시티는……. 세계 최고의 팀이다!"

"더 크게!"

"맨시티는 세계 최고의 팀이다!"

"맨체스터의 주인은 맨시티다!"

"맨체스터의 주인은 맨시티다!"

"펩은 세계 최고의 감독이고, 홀란은 세계 최고의 공격
수다!"

"펩은 세계 최고의 감독이고, 홀란은······."

사랑하는 맨유를 배신하는 것 같아 어느새 눈시울이 붉
어지며 울먹이는 목소리가 되었다. 그놈은 내 이런 우스
운 꼴을 보더니, 그제야 만족한 듯 크게 웃었다.

"하하하하. 야, 우냐?"

"그래, 이 새꺄. 애들 안 볼 때 실컷 놀려라. 아오······.
내가 진짜. 속이 터져서······."

서러움이 복받친다. 그것은 내가 우승하지 못하는 팀을
응원해서도, 그간 물건을 못 받을까 봐 마음고생 해서도
아니었다. 단지, 무얼 좋아한다는 이유로 이렇게 설움과
무시를 당해도 되는지 자괴감이 들어서였다.

"아, 뭘 그깟 걸 가지고 울어. 여기가 맨체스터도 아닌
데."

"내가 작년에 손흥민 응원하는 애들한테 '넌 왜 토트넘
응원 안 해? 한국 사람 아니야?' 들었을 때도 참았는데 오
늘은 진짜 못 참겠어서 그런다. 왜!"

"그건 나도 마찬가지다. 맨시티가 한국을 얼마나 좋아
하는데. 솔직히 설날, 추석, 심지어 수능 날까지 챙겨 주
는 축구 클럽이 어디 있냐? 축알못들."

"맞아, 축알못들. 원조 국민 클럽은 토트넘이 아니라 맨유구만."

그러자 범준이는 제 가방을 열더니 가방을 뒤져 뭔가를 꺼내 들었다.

"옜다."

"이게 뭔데?"

"이번에 직구 했다. 애들이 말하는 C급으로. 한 벌 사면 한 벌 공짜로 주던데?"

자세히 보니 하늘색 하나, 빨간색 하나다.

"짭이네……."

내가 어이가 없어서 중얼거리자, 범준이는 레플리카라는 좋은 말이 있다고 했다.

포장도 안 뜯고 들고 있는데, 매번 똑같은 옷만 입어서 재미없으니 이번엔 서로 바꿔 입잔다. 그렇게 나는 하늘색, 범준이는 빨간색. 맨체스터도 아닌 동네에서 맨체스터 라이벌 팀의 유니폼을 입은 우리는 축구하러 달려간다.

더비지만, 오늘만큼은 같은 편이다.

작가의 말

어릴 적 제가 좋아하던 프로 야구팀은 만년 꼴찌 팀이었습니다. 그래서일까 이웃집 아이와 야구 이야기를 할 때면 왠지 모르게 주눅이 드는 것 같았고, 급기야 놀림을 당하기도 했습니다. 그 아이에게 기죽지 않으려고 애써 강한 척해 봤지만, 마음 한구석은 편치 않았던 기억이 납니다.

무언가를 좋아한다는 사실이 때로는 상처가 되기도 합니다. 예전에도 그렇지만, SNS의 시대인 지금은 정도가 더 심해진 것 같습니다. 내가 피해를 준 것도 아닌데 단지 나의 기호가 남들과 다르다는 이유로 얼굴도 모르는 사람들로부터 조롱과 공격을 받기도 합니다. 남들을 깔보면서 스스로 자존감을 채우는 부류는 생각보다 많은 영역에서 나타납니다. 그들의 쓸데없는 부지런함 때문에 괜히 내가 평가 절하당하는 일이 발생합니다.

하지만 내가 좋아하는 스포츠 팀은, 연예인은, 동물은, 캐릭터는 일상의 활력소가 되기도 하고, 두려움을 이겨 낼 버팀목이 되기도 하고, 지칠 때 피난처가 되기도 합니다. 그런 피난처가 조롱받는 건 참기 힘들지만, 그래도 우리 피난처를 위한 대변인은 하지 말도록 해요. 어느 일본 TV 드라마의 제목처럼 도망치는 건 부끄럽지만 도움이 될 수 있습니다. 성적, 수행 평가, 부모님, 친구들 등 신경 쓸 것도 많은데 괜히 그들로 인해 스트레스받지 맙시다. 그러면 상대도 제풀에 지치거나 더는 흥미가 없어져 얘길 꺼내지 않을 겁니다. 좋아하는 마음이 변하지 않는 이상 그렇게 도망쳐서 남몰래 덕질을 하다 보면 소위 말하는 '떡상'하는 날이 오기도 합니다. 우린 쓰러질지언정 굽히지 않았고, 인생은 그 어떤 스포츠 경기보다 기니까요.

제 이야기를 좀 더 해 보자면 제가 좋아하던 야구팀은 몇 년 뒤 우여곡절 끝에 한국 시리즈 우승을 차지했습니다. 덕분에 그해 2학기 중간고사는 완전 망했지만.

안전하고 완벽한 기억 보존을 위한 영원중 갓기의 시크릿 플랜

조서월

조서월

믿음이 현실을 넘어서는 순간. 아무도 믿지 않은 것을 오랫동안 믿어 왔던 이들이 어딘 가에 닿게 되는 이야기를 사랑한다. 2023년 「삼사라」로 제6회 한국과학문학상 중·단 편 우수상을 수상했다.

1

    사람들은 자기 기억을 지키려고 특별히 애를 쓰지 않는다. 굳이 그럴 필요를 느끼지 못하기 때문일 거다. 핸드폰 앨범을 누르면 까맣게 잊고 있던 그저 그랬던 가족여행이 아름다운 음악과 함께 멋대로 편집되어 재생되고, 다시 생각해 보니 최고의 여행이었다고 믿도록 우리의 기억을 조작해 버리는 세상이니까.

    하지만 그건 가짜 가족여행이다. 우리가 요청한 적 없는 기능까지 하루아침에 갖춰 버릴 만큼 지나치게 발전한 기계가 강제로 선물해 준 가짜 가족의 가짜 기억. 기계 놈들의 성실함이란 무섭다. 지난 시간에 국어 몇 단원까지 했느냐고 쌤이 물었을 때, 사실은 3단원까지였는데 6단원이라고 대답했던 우리 반 반장 최예원이 생각날 정도다. 쌤이 왜 거짓말을 하냐고 물었더니, 최예원은 자기가 어젯밤에 6단원까지 혼자 예습을 하는 바람에 착각했다며 죄송하다고 사과했다.

우리는 과도한 선행 학습이 청소년들의 정신 건강에 미치는 위험성을 경고하기 위해 책상을 두드리며 소리를 질러 대었지만, 쌤은 너희 모두 반장을 본받아야 한다면서 습기 찬 안경을 벗고 눈가를 닦았다.

"얘들아, 내가 기억력이 나빠서 미안해."

그렇게 말하면서 자리에 앉던 최예원의 입가에 걸린 음습한 미소를 나는 보았다. 그 만족감. 그 오만함. 실수라고 했지만, 최소 15주 전부터 철저하게 계획된 행동이었음이 분명했다. 어쩌면 녀석은 국가에서 중학생들의 학업 경쟁을 부추기려고 비밀리에 제조하여 잠입시킨 로봇일지도 모른다.

나로 말할 것 같으면 기억을 지키는 일의 중요성을 아는 사람이다. 잠에서 깨면 나는 제일 먼저 천장을 보며 주문을 속삭인다.

"내 이름은 장현준. 중3. 남자. 종족은 인간. 국적은 한

국. 발로란트 주챔은 스카이, 케이오, 페이드. 좋아하는
아이스크림은⋯⋯."

적어도 영원중학교 3학년 3반 중에서, 아니 전국의 중3
중에 나보다 기억에 진심인 사람은 없을 것이다. 솔직히
기억의 중요성을 조금이라도 이해하는 녀석이 전교에 한
명이라도 있기는 한 건지도 잘 모르겠다. 한번은 1반 정명
진—전교 5등의 수재다—에게 너는 아침에 일어났을 때
네가 어젯밤 잠들기 전의 너와 같은 사람이라는 걸 어떻
게 확신할 수 있느냐고 물어봤었다. 정명진은 쌍쌍바 두
쪽을 한꺼번에 입에 물고 48시간 정도 침묵하더니 초콜
릿 범벅이 된 입술로 "오우. 개 쉬운데. 명찰에 적혀 있잖
아."라고 대답했다. 그때 정명진은 체육복 상의를 입고 있
어 명찰이 없었고, 등에는 매직으로 사랑의 하츄핑이 커
다랗게 그려져 있었다.

"그럼 너는 지금 정명진이 아니라 사랑의 하츄핑이냐?
아니면 그 밑에 사인한 영원중학교 3학년 2반 17번 김호
열 화백이냐?"

내가 비꼬았더니 정명진은 화를 내면서 그건 극장판 애
니메이션의 제목일 뿐이고 정확히는 '사랑의 티니핑 하츄
핑'이라고 호칭하는 게 올바르다고 정정해 주었다.

나는 정중히 사과했고, 정명진은 괜찮다며 너그러운 미

소를 짓더니 용서의 의미로 쌍쌍바를 반으로 쪼개 나눠 주었다. 그 아이스크림은 원래 내가 사 준 거고, 네 입에 넣기 전에 미리 쪼개서 줬어야 하는 거 아니냐고 묻고 싶었지만 그만두었다.

그렇게 기억의 중요성에 관해 깊이 있는 토론을 할 수 있는 동지를 찾는 시도는 또다시 실패로 돌아갔다.

아침에 일어나서 거울을 보았을 때 그 속에 있는 게 우리 집에 침입한 살인마가 아니라 내 얼굴이라는 걸 까먹지 않도록 도와주는 건 머리통 속에 들어 있는 기억이다. 종이에 적은 일기나, 핸드폰 속의 사진과 동영상, 인스타 게시물 따위에 의존해서는 안 된다. 일기는 화재, 수재, 먼지 다듬이, 핵전쟁, 5학년 때 좋아했던 이민솔에게 페메로 고백했던 부분을 읽으면 찢어 버리고 싶어지는 수치심에 취약하고, 핸드폰은 일진의 빵 셔틀이 될 경우 빼앗길—예쁜 일진을 만났을 경우 헌납할—위험성이 너무 크다. 인스타는 사실 나쁘지 않다. 그냥 요즘엔 피드에 아무것도 안 올리는 게 추세라서 제외했다.

내가 기억을 지키는 데 집착하기 시작한 계기는 다음과 같다. 때는 작년 중2 여름 방학이었다. 나는 이상하게도 여름 방학에만 키가 미친 듯이 자라는 체질인데, 중1 여름 방학에는 5센티미터가 자랐고, 중2 여름 방학에는 무려

8센티미터나 자랐다. 그대로만 갔다면 지금쯤 영화관에서 청불 영화를 뚫는 게 가능했겠지만—얼굴은 전부터 준비되어 있었다—이상하게도 학기 중이나 겨울 방학에는 전혀 키가 자라지 않아서 늘 반에서 중간을 유지하고 있다.

이 기묘한 성장 패턴에 관해 내가 세운 이론이 있는데, '좋댓구'의 노예인 유튜브 건강 채널 의사들이 떠들어 대는 것과는 반대로 적절한 운동은커녕 손가락 하나 까딱하지 않고 침대에 가만히 누워만 있는 게 사실은 키 크는 데 가장 도움이 될지도 모른다는 것이다. 증거가 있으니 말해 주겠다.

우리 엄마는 스포츠 클라이밍 강사였다. 실내 암장의 가장 어려운 문제를 풀어내면 자연 암벽에 데려가 주겠다는 약속을 엄마가 지키던 중2 여름 방학의 어느 날, 과감하게 뻗은 손이 미끄러지며 나는 튀어나온 바위에 머리를 박고 말았다. 등반을 시작하기 전 엄마는 제발 헬멧을 쓰라고 400번 정도 부탁했지만, 나는 필요 없다고 계속 고집을 부렸다. 내 몸이 가장 편안한 상태로 자연과 대결하고 싶다고 그럴듯한 핑계를 둘러댔지만, 사실은 머리를 높게 묶은 귀여운 고등학생 누나가 반전 매력인 등 근육을 꿈틀대며 내 옆에서 암벽을 타고 있었기 때문이다.

눈을 뜨니 집 침대였다. 주유소를 차릴 수 있을 만큼 풍요로운 개기름이 아니었다면 머리에 붕대를 아무무처럼 동여맨 병약 미소년이 나라는 걸 알아차리지 못할 뻔했다. 엄마는 내가 꼬박 하루하고도 반나절 동안 잠들어 있었다고 했다. 나는 오늘이 무슨 요일이냐고 물었고, 다현이가—3살 어린 여동생이다—화요일이라고 알려 주었다.

"그러면 이틀이나 학교를 안 간 거네. 이거 완전 럭비바퀴잖아?"

"럭비바퀴……? 무슨 뜻이지? 당신은 알아?"

아빠가 걱정스러운 얼굴로 엄마를 돌아보았다.

"오빠 머리가 또 어떻게 돼 버린 것 같아."

동생은 절레절레 고개를 흔들더니 친구가 기다린다며 아픈 오빠를 두고 나가 버렸다. 엄마는 턱 끝에 달린 눈물을 손등으로 닦더니 나를 안으며 속삭였다.

"그래. 럭비바퀴야. 현준이는 엄마의 럭비바퀴…….""

"뭔가 기분이 나쁜데, 엄마…….""

엄마는 동창 모임에서 사춘기를 맞은 자녀에 관한 무시무시한 소문을 너무 많이 들었기 때문에, 나와의 대화가 세대 차이로 단절되는 것에 병적인 두려움을 지니고 있었다. 그래서 내가 하는 말 중에 처음 듣는 단어가 있다면 무슨 뜻인지 몰라도 무조건 아는 척 따라 하고 보는 습관이 생기고 말았다.

'현준이 담임 선생님은 얘기를 들어 볼수록 참 갓기예요. 갓기.'

'아빠는 밥을 너무 먹어서 배에 갓기가 있는 것 같아.'

'이 갓김치는 맛이 좀 갓기적인데?'

'나무 향기가 참 갓기로우네.'

'엄마 손바닥에 굳은살 좀 봐. 완전 갓기 같지?'

엄마가 애쓰면 애쓸수록 말의 뜻은 완전히 바뀌어 버렸지만 나는 엄마한테 새로운 말을 알려 주는 걸 즐겼다. 아무도 알아듣지 못하는 엄마의 말을 나는 알아들을 수 있다는 게 좋아서가 20퍼센트였고, 나중에 누군가 진짜 의미를 알려 주면—주로 다현이었다—새빨개지는 엄마의 얼굴을 구경하는 게 재미있어서가 80퍼센트였다.

방학 내내 부상자라는 핑계로 침대에서 뒹굴다가 내려왔을 때는 키가 8센티미터나 자라 있었다. 재작년 중1 여름 방학에 5센티미터가 컸을 때도 자전거를 타다 다리가 부러지는 바람에 3주 동안이나 침대 신세를 졌었다. 이쯤 설명했으면 내가 왜 운동이 오히려 키가 크는 걸 방해한다고 주장하는지 충분히 이해됐을 것이다.

사고 이후 처음으로 실내 클라이밍장에 간 날, 이상하게도 3년 동안 엄마에게 배운 여러 가지 모양의 홀드를 잡는 법, 발끝으로 체중을 버티고 몸의 중심을 옮기는 법, 한 팔로만 버티면서 다른 팔은 잠시 쉬게 해 주는 법 등 수십 가지의 기술이 하나도 생각나지 않았다. 시작 홀드에 매미처럼 매달린 채 올려다본 탑 홀드는 정신이 아찔해질 정도로 높아서 거기에 올라가야 한다고 생각하는 것만으로도 다리가 후들거리고 손에 땀이 났다. 바닥에서 겨우 30센티미터 떨어진 곳에서 벌벌 떠는 나를 보던 엄마는 말없이 다가와 홀드를 하나씩 놓을 수 있게 도와주었다.

집으로 돌아오는 길. 후드 티를 눌러쓴 채 땅만 보고 걷는 나에게 엄마가 물었다.

"무슨 생각해, 현준아?"

"알잖아."

"폭망해 버렸다고?"

"그래."

"하긴. 저번에 그렇게 다쳤으니. 폭발적으로 망설여질 만해."

"아니, 폭삭 망해 버렸다고. 그게 폭망 뜻이야."

"어…… 엄마도 알아."

나는 돌멩이 하나를 발끝으로 멀리 찼다. 두어 번 튕기던 돌멩이는 하수구 철망에 끼어 옴짝달싹 못 하게 되어 버렸다. 뒤꿈치로 꽉 밟으니 돌멩이는 철망 밑으로 떨어지며 작게 퐁당 소리를 내었다.

"현준이는 폭삭 망하지 않았어."

"아무 말이나 해서 위로하려는 거 알아. 어른들의 특징이지."

"아니야. 엄마는 가능성을 봤어."

"정말로?"

나는 그제야 고개를 들어 엄마를 보았다.

"응, 정말로."

"파란색으로 투톤 염색한 여자애가 시작 홀드에 매달려서 떨고 있는 내 모습을 못 봤다는 거지? 그때 잠깐 화장실에 갔었나?"

엄마는 대답이 없었고, 우리는 다시 걸었다.

"내 이마에 꿰맨 상처가 좀 멋있어 보였을까?"

"현준아, 그 애 말고. 클라이밍에서 가능성을 봤다고."

"무슨 가능성."

"다음엔 시작 홀드 없이 시작해 보는 거야. 나중에 자연 암벽에 다시 가 보자. 거긴 정해진 시작 홀드가 없잖아."

"실내 클라이밍장에서 제일 쉬운 문제도 못 푸는데 자연 암벽을 가자고?"

"응."

"대체 나한테 얼마나 거대한 기대를 걸고 있는 거야."

"무한한 기대를 걸고 있지. 현준이는 엄마의 갓기니까."

"갓기가 무슨 뜻인 줄은 알아?"

"그럼."

"무슨 뜻인데."

"갓난아이 기저귀."

나는 귀를 의심하며 엄마를 쳐다보았다.

"우리 담임 선생님이 갓기라며?"

"그만큼 손이 많이 가는 분 같다고."

"아빠 배에 갓기가 있다는 건."

"빨리 싸서 치워 버려야 된다는 거지."

"갓김치는?"

"이모가 발효를 너무 지독하게 시켰더라."

"나무 향기랑 굳은살은 뭔데."

"은행나무였잖아. 굳은살은 그만큼 궂은일을 많이 해 왔다는 얘기고."

"지금 나랑 절연하자는 거지?"

나는 짐짓 씩씩대며 앞서 걸었고, 엄마는 아이처럼 깔깔 웃었다. 주차장을 따라 걷던 나는 새로운 돌멩이를 발견하고 발로 찼다. 그리고 녀석을 드리블하듯 계속 차며 걸었다.

"시작 홀드가 없으면 뭘 잡고 시작하는데?"

"네가 잡고 싶은 걸 잡으면 되지."

"그러면 아무도 그 문제를 풀었다고 인정해 주지 않을 거야."

"우리끼리 인정해 주면 되잖아."

"그건 멋이 없는데."

"제발. 현준아. 이제 멋은 포기하자."

"현멋포네, 완전."

"그래, 현멋포야. 현멋포, 진짜."

"현멋포가 무슨 뜻인데."

"그만 물어봐. 엄마도 알아. 유명하잖아."

"내가 방금 만들어 낸 말인데. 엄마는 진짜 거짓말쟁이 구나."

엄마가 주먹을 쥐고 꿀밤을 때리더니, 너 때문에 갑자기 배에 힘이 들어가 속 근육이 아프다며 손끝으로 꾹꾹 눌러 마사지를 했다. 나는 돌멩이를 우리 집 앞 인도로 튕겨 올리려 했지만, 주차 방지턱에 걸리는 바람에 실패하고 말았다. 멀리서 아빠랑 같이 장을 보고 돌아오던 다현이가 우리를 불렀다. 장바구니에서 주황색 양파망이 삐져나온 걸 보니 오늘 저녁은 김치찌개다. 내 평생에 걸쳐 수집한 빅데이터에 따르면 아빠는 늘 김치찌개에 김치보다

양파를 80배 정도 많이 넣는다. 나는 아직 그 흥미로운 발명품을 김치찌개라고 인정하지 않고 있다.

2

'내 이름은 장현준. 중2. 남자. 종족은 인간. 국적은 한국. 발로란트 주챔은 스카이, 케이오, 페이드. 좋아하는 아이스크림은······.'

무인 아이스크림 가게 냉장고 앞에 한참을 멀뚱히 서 있던 내 엉덩이를 김호열이 발로 걷어찼다.

"아, 빨리 골라. 대체 얼마나 기다려야 되는 거야."

"아, 태권도 선수세요?"

"나 미술 학원 늦는다고!"

"아, 모나리자세요?"

"모나리자는 화가가 아니라 그림이고, 이 멍청아. 아무튼 빨리 골라! 진짜 뒤진다?"

여름 방학이 끝난 중2 2학기 개학식 날. 김호열, 정명진과 피시방에서 아이스크림 내기를 했고 나는 둘을 완벽하게 발라 버렸다. 그런데 눈앞에 펼쳐진 다양한 아이스크림을 아무리 들여다봐도, 그중에 내가 뭘 좋아하는지 도무지 생각이 나질 않았다. 롯데가 언제부터 놀이공원 사업을 포기하고 아이스크림을 만들기 시작한 건지, 구구콘은 포장지가 어째서 비둘기와 하나도 관련이 없는지 57시간 정도 고민한 끝에 나는 결국 둘을 돌아보며 말했다.

"야. 내가 무슨 아이스크림을 좋아하는지 모르겠어."

김호열은 입을 떡 벌린 채 한심하다는 듯이 천장을 올려다보았고, 정명진은 인상적이라는 듯 턱 끝을 손으로 쓰다듬으며 고개를 끄덕였다.

"오우."

"원래 내가 뭘 좋아했지……."

김호열이 태권도 스텝을 밟으며 양발로 내 엉덩이를 다섯 번 연속으로 걷어찼다.

"내가 뒤진댔지! 아오, 발 개 아파. 나 간다. 이걸로 알아서 처먹어."

김호열은 천 원을 냉장고 위에 던지고 나가 버렸다. 정명진이 냉장고 문을 열고 쌍쌍바를 꺼내더니 이걸 고르면 하나 가격에 두 명이 먹을 수 있어서 솔직히 이득이라고 나를 설득했다.

나는 3등이 1등한테 사 주기로 했으니 2등인 네 아이스크림 섭취 여부는 내가 상관할 바가 아니라고 했지만, 녀석은 내 어깨에 손을 얹더니 사실은 내가 누구보다 자기의 행복을 바라고 있음을 안다며, 친구에게 진심을 보여 주는 걸 그렇게 부끄러워할 필요 없다고 그윽한 미소와 함께 속삭였다.

"키스 올 슬랩?"

"슬랩."

나는 정명진의 뺨을 후려친 뒤 아이스크림을 물려서 쓸데없이 매력적인 입술을 다물게 했다. 그날부터 4일 동안 밤마다 슬랩 대신 키스를 택한 현준핑과 명진핑의 CCTV 속 다정한 모습이 '가게 내 애정 행각 금지' 문구와 함께 냉장고마다 박제되는 악몽을 꿨다.

더 이상한 사건은 얼마 뒤에 벌어졌다. 같은 반 박시은과 사회 조별 과제—'국제 사회와 한반도'가 주제인데, 우선 서로의 사회적 교류부터 시작해야 하지 않겠냐고 설득했다—를 핑계로 둘이서 종종 카페에 갔는데, 그걸 우리 학교 애들에게 들키는 바람에 반마다 나랑 박시은이 사귄다는 소문이 쫙 퍼지고 만 것이다.

사실 우리 학교 남자애들이 농구하러 가는 길목에 있는 카페에서 과제를 하자고 한 건 내 계획의 일부였다. 두 번째 회의 때 박시은이 갑자기 도수 높은 빨간 뿔테 안경을 벗고 서클 렌즈를 끼고 온 걸 보면 계획은 순조롭게 진행 중이었다.

점심시간. 수돗가에서 입을 대고 물을 마시던 나에게 누군가 옆 수도꼭지의 물을 틀고 손바닥으로 구멍을 틀어막아 물대포를 쏘았다.

"앗, 차거!"

옆을 보니 처음 보는 여자애 두 명이 나란히 서서 나를 무섭게 째려보고 있었다. 나는 온몸이 흠뻑 젖은 채 뭐라고 말해야 나의 당혹감과 분노를 적절히 표현할 수 있을지 고민했다.

"어차피 축구해서 땀에 절었는데 공짜로 샤워해서 개이득이네."

"야, 장현준. 너 진짜 쓰레기다. 어떻게 그럴 수 있어?"

"지금 모르는 사람한테 갑자기 물 튀긴 거는 너네인 것 같은데……."

"하, 모르는 사람?"

"나 알아? 너네 1학년이야?"

"뭐라고? 1학년? 하, 너 진짜 황당하다."

뒤편에 서 있던 키 작은 여자애가 지금까지 앞장서서 말하던 키 큰 여자애의 옷자락을 붙잡고 잡아당겼다.

"그냥 가자, 채영아. 나 마음이 불편해."

"괜찮아, 진아야. 불편하면 쟤가 불편해야지, 네가 왜 그냥 가."

"가도 되는데."

"입 닥쳐! 이 더러운 배신자 새끼!"

"배신자라니 내가 뭘……."

그때 진아라는 애가 붉고 축축해진 눈가를 닦으며 내 앞으로 걸어 나왔다.

"너 박시은이랑 사귄다며."

"그렇게 알려져 있어? 확정이야?"

"확정은 뭔 개소리야!"

채영이라는 애가 발로 땅을 세게 구르며 소리쳤다.

"아, 확정은 아니야?"

"그걸 왜 우리한테 물어봐?"

진아라는 애가 한쪽 눈꼬리를 치켜뜨며 물었다.

"확정이 되었을 때 고백해야 박시은이 받아 주기 쉬울 테니까."

그 애의 작은 손바닥이 있는 힘껏 내 뺨을 후려쳤다. 나는 세 바퀴쯤 회전하며 수돗가 바닥에 쓰러지고 말았다.

"오오! 최진아 개 무서워!"

"야, 장현준이 방금 갑자기 트리플 악셀 함!"

운동장에서 축구하던 남자애들이 무슨 상황인지도 모르고 서로의 등을 마구 때려 대며 환호하기 시작했다.

"악, 아파! 이 돌대가리 새끼!"

진아라는 애가 방금 나에게 폭력을 휘두른 손바닥을 쥐고서 외쳤다.

"진아야! 왜 그랬어! 내가 대신 때리면 되는데!"

채영이라는 애가 쓰러진 내 멱살을 쥐더니 커다란 손바닥으로 방금 맞은 뺨을 또 때렸다. 어찌나 큰 소리가 났는지 운동장의 구경꾼들도 입을 틀어막고 잠시 아무 말도 못 했다.

"학폭이다! 학폭이야!"

"우리 학교에도 일진이 있었어!"

"황채영이 영원중 1짱이다!"

"멍청아, 황채황채는 행동 대장이고 최진아가 진짜 1짱이야!"

나는 부당한 폭력에 맞서 목소리를 내지 않으면 증오의 연쇄는 영원히 끊기지 않을 것임을 알았다.

"아니! 쟤가 때렸는데 왜 또 대신 때려!"

채영이라는 애가 또다시 팔뚝을 번쩍 들어 올렸고, 나는 일단은 연쇄가 좀 지속되어도 침묵하기로 했다. 그 애는 벌게진 손바닥을 주무르며 진아라는 애를 끌고 갔다.

"진짜 돌대가리긴 하네. 가자, 진아야. 이런 쓰레기 새끼가 하는 고백은 처음부터 받아 줄 필요도 없었어."

나는 급히 손을 뻗었다.

"잠깐만! 무슨 고백을 받아 준다는 거야?"

"너 진짜! 이제 그만 좀 안 해?"

채영이라는 애가 주먹을 쥐고 성큼성큼 내 쪽으로 돌아오기 시작했다. 나는 재빨리 몸을 콩벌레처럼 말고 내가 일부러 봐줬다는 걸 믿게 하려면 이따가 남자애들에게 어떻게 말해야 할지를 고민했다. 그런데 56가지쯤 되는 변명을 생각한 뒤에도 폭력은 다시 덮쳐 오지 않았다.

"왜 모르는 척해. 네가 나한테 고백했었잖아."

진아라는 애가 목멘 소리로 말했다.

"뭐라고……. 언제?"

"1학기 마지막 날에. 수업 끝나고. 여기서 나한테 고백했잖아. 왜 계속 모르는 척하는데."

진아라는 애는 북받치는 서러움을 참지 못하겠다는 듯 뚝뚝 눈물을 흘리기 시작했다.

"기억이 안 나는데."

"이 음식물 쓰레기 같은 새끼!"

채영이라는 애가 이번엔 수도꼭지를 두 개나 틀고 나한테 튀기기 시작했다.

"대박 사건! 장현준이 박시은이랑 최진아 둘 다 갖고 논 거임?"

"미친! 이제 현준이랑 축구하면 안 되는 거 아님? 우리도 반해 버리면 어떡함!"

　운동장의 구경꾼들은 이제 도파민이 임계치를 뚫었는지 양손으로 머리를 부여잡고 펄쩍펄쩍 뛰어다니며 돌고래 소리를 냈다. 녀석들이 있는 힘껏 바닥에 내리꽂은 축구공이 축구화 사이를 튕겨 다니다 내 머리를 때렸다. 채영이라는 애는 그제야 수도꼭지에 대고 있던 손을 떼었다. 짤따래진 교복 소매와 바짓단에서 물이 줄줄 흘렀다.

　"그럼 우리 사귀고 있었던 거야?"

　"아니."

　"사귀다 헤어진 거야?"

　"아니."

　"그럼?"

　"너 진짜 어이없다. 네가 그날 고백했는데 내가 생각해 보겠다고 했잖아. 근데 어떻게 박시은한테 또 고백하려는 생각을 할 수 있어? 내 마음 가지고 장난친 거야? 너한테는 사람 마음이 아무것도 아니야? 나쁜 새끼! 쓰레기 새끼! 그리고…… 그리고……."

　"사실 거의 바람피운 거나 마찬가지지."

　채영이라는 애가 나를 상처 입힐 말을 찾느라 고민 중인 자기 친구를 친절히 도와주었다.

　"그래, 이 바람둥이 새끼! 꺼져 버려!"

나는 1학기 수업 마지막 날 고백했는데 받아 주지 않았다면 2학기쯤에는 다른 애를 좋아할 수도 있는 것 아니냐고 묻고 싶었지만 그만두었다.

진아라는 애는 주머니에서 빨간 편지 봉투를 꺼내더니 마구 찢어서 나한테 던진 뒤 울음을 터뜨렸다. 그러고는 양손으로 얼굴을 가리고 뒤돌아 떠났다. 채영이라는 애도 나를 흘겨보고는 그 애 어깨를 감싸며 수돗가를 떠났다. 나는 물에 젖은 편지 쪼가리 중 하나를 집어 보았다.

지금 대답하기 힘들면 나중에 대답해 줘도 돼. 여름 방학 동안 잘 생각해 줘. 그리고 특별히 네 결정에 영향을 주려고 하는 말은 아닌데, 나는 클라이밍을 할 때 멋있단 소리를 꽤 자주 듣는…….

남자애들이 괴성을 지르며 내 주위로 몰려들었다. 녀석들은 셀럽의 은밀한 사생활을 포착한 파파라치처럼 내 옷과 바지를 마구 잡아당기며 온갖 질문을 해 댔지만 나는 그저 멍하니 일어나 그때까지 틀어져 있던 수도꼭지 두 개를 겨우 잠갔다.

그날 학교가 끝날 때쯤에는 영원중 2학년 중에 점심시간에 발생한 '장현준 개쓰레기 사건'을 모르는 학생은 한 명도 없게 되었다. 다음 날 조별 과제 마무리를 하기 위해 찾아간 카페에 박시은은 나타나지 않았다.

발표 날, 반 애들이 초집중한 가운데 도수 높은 빨간 뿔테 안경과 검은색 KF94 마스크를 착용한 박시은은 발표를 마치고 책상으로 돌아와 앉을 때까지 한 번도 내 쪽을 쳐다보지 않았다. 상당히 유머러스하게 쓰인 '국제 사회와 한반도' 미완성 발표 대본을 번갈아 읽는 우리 목소리가 얼마나 어두웠는지, 만약 우리의 선조들이 타임머신을 타고 와 이 발표를 들었다면 인류에게는 미래가 없다고 생각하고 스스로 멸망을 선택했을 것이다.

그 후로도 내가 잃어버린 기억들은 예상치 못한 상황에 예상치 못한 방식으로 불쑥불쑥 찾아와 나를 괴롭혔다.

나는 내가 노래를 부르면 사람들 귀에는 병든 닭이 고통스러웠던 삶과 마지막으로 이별하는 듯한 절규가 들린다는 것을 깨달았다. 베란다에서 키우던 병아리가 죽어서 슬퍼하는 다현이를 위로하기 위해 작은 무덤 앞에서 '석별의 정'을 불러 준 후에야.

나는 내가 제일 좋아하는 축구 선수는 호날두가 아니었음을 깨달았다. 어렸을 때 메시처럼 치료 목적으로 성장 호르몬 주사를 투여한 친구 앞에서 호날두에 비하면 메시가 얼마나 비겁하며 고트의 자격이 없는지를 40분 동안 설파한 후에야.

나는 내 꿈이 보이 그룹 비주얼 멤버가 아니었음을 깨달았다. 청소년 상담 센터에서 오신 강사님이 학교 강당에서 전교생을 대상으로 강의하던 중 졸고 있던 나를 앞으로 불러내 장래 희망을 묻길래 4세대 남돌 센터의 개인 파트를 표정 연기에만 집중해서 소화해 버린 후에야.

나는 이제 일상에서 마주치는 모든 것에 대한 나의 반응을 두려워하게 됐다. '그게 뭐지? 내가 그걸 알고 있었나? 몰랐었나? 좋아했었나? 싫어했었나? 아무 생각 없었나?'

실수를 한다면 나는 누군가에게 또다시 상처를 주거나, 아니면 모두의 웃음거리가 되고 말 것이다. 인정하기 싫지만 어쩌면 김치찌개조차 원래부터 양파가 김치보다 더 많이 들어가는 요리였는지도 모른다.

피폐해진 오빠의 모습을 본 다현이는—병아리 건에 대해서는 김호열이 그려 준 달콤핑 그림을 뇌물로 바쳐 용서를 받았다—사실 내가 중1 여름 방학 때 다리가 부러진 뒤에도 한동안 자신에게 엉뚱한 것들을 물어봤었다고 알려 주었다. 이를테면 이런 것이다.

"코끼리가 지금도 살아 있다고? 빙하기가 끝났는데 어떻게? 다 같이 남극이나 북극으로 이주한 건가?"

"북한산이 북한이 아니라 서울에 있다고? 바티칸 같은 게 아니고?"

'내 이름은 장현준. 중2. 남자. 종족은 인간. 국적은 한국. 발로란트 주챔은 스카이, 케이오, 페이드. 좋아하는 아이스크림은 모르겠음. 이민솔에게는 페메로 고백했다 차였고, 최진아한테는 편지로 고백했다 차였고, 박시은한테는 고백하기 전에 차였음. 황채영을 조심할 것. 노래 금지. 진정한 고트는 메시. 장래 희망은 뭐였는지 모르겠지만 의외로 보이 그룹 비주얼 멤버가 아니었을 수도 있음……'

아침에 눈을 뜨자마자 천장을 보며 외우는 나의 주문은 끝없이 길어지기 시작했다. 그로 인해 학교에 지각하는 사태까지 생기자, 나는 기억 상실증의 근본적인 원인을 찾아야 함을 깨달았다.

기억을 잃어버린 중1 여름 방학과 중2 여름 방학의 공통점은 사고로 오랫동안 침대에 누워 있다가 급격한 성장을 이루었다는 것이다. 나는 유튜브에 '키 크면 기억 상실증'이라고 검색했지만, 원하는 결과를 얻는 대신 기억을 잃어버린 수많은 불행한 인생에 관한 영상을 보고 더욱 겁에 질리고 말았다.

지식인에 올린 '중2 남자 키 갑자기 크면 기억력에 안 좋나요? 내공 100 겁니다.' 질문 글에는 다음과 같은 답글이 달렸다.

아니요. 작년에 제 빵셔틀이었던 애가 저보다 키 커서 이제 제가 빵셔틀이 됐는데 제가 옛날에 자기한테 시켰던 거 저한테 다 똑같이 시키고 있어요. 그래서 저도 지금 여동생 옆에서 핑크퐁 쑥쑥 키 크기 체조하는 중. 근데 제가 2년 형이네요. 채택 부탁.

키가 단기간 내에 급격히 자라면 인체에서 가장 높은 곳에 있는 뇌까지 심장이 산소를 공급하는 데 어려움을 겪음으로써 부분적으로 기억이 상실될 수도 있습니다. 심폐 기능을 향상하기 위해 마라톤을 추천해 드립니다. 키가 갑자기 자랐으니 심장도 갑자기 강해져야 합니다. 내일부터 매일 한 달 동안 42.195킬로미터를 달리세요. 제 말을 기억할 수 있으시다면 말입니다.

지금 키 컸다고 자랑하시나요? 약간 재수 없네요.

hyun**** 20xx.xx.xx.
신고합니다

결국 원인을 찾는 것은 불가능했다. 이대로라면 어느 날 저녁 내 자식을 납치했다는 보이스 피싱 전화를 받고 평생 피땀 흘려 모은 전 재산을 홀라당 날려 버리는 건 시간문제다. 기억 상실증 때문에 평생 모태 솔로로 살아와서 자식이 있을 리 없다는 씁쓸한 진실조차 잊은 채 말이다.

중2 2학기가 끝날 무렵에는 침대에 누워서 24분 37초 동안 기억 상실 방지 주문을 외워야만 안심하고 하루를 시작할 수 있었다. 이런 추세로 주문이 길어진다면 여든 살의 어느 아침 숙면에서 깨어난 나는 그대로 천장을 보며 우리 엄마의 피부 관리 루틴보다도 장황해진 주문을 10년 동안 외우다가 아흔 살이 되어서 마침내 보람찬 하루를 시작해 보려는 순간 노환으로 고꾸라지며 공허했던 삶에 마침표를 찍게 될지도 모른다.

주문을 줄이기 위해 나는 그중에서 잊어버려도 괜찮을 기억들을 추려 내기 시작했다. '정명진, 친구 사이.' 이런 것 말이다. 동시에 거꾸로, 무슨 일이 있어도 잊어서는 안 될 최고로 중요한 기억은 무엇인지도 고민했다. 내 이름이 장현준이라는 걸까? 내 국적이 한국이라는 걸까? 내 풋볼 매니저 비밀번호가 호동생!234로 다시 바뀌었다는 걸까? 한 달이 넘도록 내 머리를 지끈대게 했던 이 질문은 집 베란다로 늘 보이던 높고 푸른 나뭇가지가 수북이 쌓인 눈을 버티지 못하고 꺾이던 중2 겨울 방학의 어느 날 갑자기 허무할 정도로 쉽게 해결되어 버렸다. 그날 우리 가족은 건강 검진을 다녀온 엄마가 암에 걸렸다는 소식을 들었고, 수술을 받은 엄마가 그로부터 두 달 뒤에 거짓말처럼 돌아가셨기 때문이다.

3

엄마를 받으러 가는 길은 기분이 이상했다. 정신을 차려 보니 중학교 3학년이었던 어느 날 저녁. 아빠는 다현이를 빼고 나와 둘이서만 가족 모임을 했다.

"정부에서 비밀리에 시범 도입하고 있는 정책이 있어. 시범 도입이 무슨 뜻인지 아니?"

30시간 정도 머그잔만 만지작대다 꺼낸 첫마디였다. 어찌나 많이 문질러 댔는지 내가 만약 선반에서 저 머그잔을 꺼내다 실수로 머리가 깨져 죽는다면 2만 개쯤 묻어 있는 지문 때문에 아빠가 용의자로 지목되어 구속당할 게 분명하다.

"내가 무슨 바보인 줄 알아요?"

"그렇게 말하지 말고."

"네, 아빠. 시범 도입이 무슨 뜻인지 저는 알아요."

아빠는 거실 유리 탁자에 비친 내 얼굴을 물끄러미 바라보다 텅 빈 머그잔을 들고 괜히 마시는 시늉을 했다. 아빠는 공식적으로 엄마의 장례식을 치르지 않았다. 사실은 치렀지만, 진실을 아는 사람은 나와 아빠뿐이다. 아빠는 엄마의 죽음을 다현이에게도, 이모에게도, 외할아버지와 외할머니에게도, 엄마가 일하던 클라이밍 센터에도 모두 비밀로 했다.

밀랍 인형처럼 뻣뻣하게 굳어서 누워 있는 엄마의 차가운 발가락과 손가락을 꼭 잡고 하얀 방에서 작별 인사를 한 것도, 매일 몇 번씩 반복하는 일일 테지만 자신에게도 지금이 참담한 순간인 것처럼 보이려고 애써 주는 장의사 아저씨가 형형색색의 천으로 엄마를 기묘하게 감싸는 것을 본 것도, 엄마가 들어 있는 관이 날카롭게 번쩍이는 철제 문 안으로 들어가더니 불길에 휩싸인 뒤 회색 뼛조각으로 변해 절구 속 마늘처럼 잘게 빻이는 것을 본 것도 오직 나와 아빠뿐이었다.

다른 가족들은 엄마가 여전히 병원에서 특별한 항암 치료를 받고 있어서 면회가 금지되었다고만 알고 하염없이 소식을 기다리고 있었다. 나는 어째서 아빠가 오직 나에게만 엄마가 죽었다는 진실을 알려 주었는지 몰랐다.

"아침에 일어났을 때 네가 어제까지의 자신과 같은 사

람이라는 걸 알게 해 주는 건 기억이야. 그렇지?"

머그잔을 매만지던 아빠는 별안간 그렇게 말했고, 나는 귀를 의심했다.

"뭐라고요?"

"기억이 없다면 어제까지의 그 사람은 없어져 버린 거야. 안 그래? 다르게 말하면 기억이 남아 있다면, 어제의 그 사람은 지금도 여기 있는 거지."

아빠는 눈을 들어 나를 쳐다보았다. 그 익숙한 얼굴을 마주 보는 게 갑자기 겁났다. 아빠는 다시 시선을 밑으로 떨구고는 자신이 한 말을 되풀이했다.

"그 사람은 지금도 여기 있는 거야……."

"무슨 소리예요, 갑자기."

아빠는 빈 머그잔의 바닥에 굉장히 중요한 것이라도 있다는 양 뚫어지게 쳐다보다 대답했다.

"엄마를 받으러 가자."

엄마를 받으러 가는 길은 기분이 이상했다. 나는 다현이 몰래 안방 장롱 깊숙한 곳에 숨겨 두었던 엄마의 유골함을 꺼내 꼭 안고서 차 뒷좌석에 앉았다. 아빠는 나에게 유골함을 왜 가져가냐고 묻지 않았다. 출발한 지 얼마 되지 않아 빗방울이 하나둘 떨어지기 시작하더니 30분 뒤에는 미친 듯이 퍼부었다. 서울을 떠나 동쪽인지 남쪽인지로 세 시간이 넘게 차를 타고 가는 동안 우리는 한마디도 하지 않았다. 굵은 빗줄기가 창문을 때리는 소리와 전기 차의 고요한 주행 음이 뿌연 강물과 더욱 뿌연 산들을 배경으로 높낮이 없이 먹먹하게 이어졌다.

차에서 내릴 때도 나는 유골함을 안은 채였다. 산자락에 둘러싸인 강줄기 옆, 왠지 전시품은 실속 없을 것으로 보이는 미술관 아니면 패배가 예정된 영화 속 악당들의 기지처럼 생긴 건물 지하의 작은 녹색 방에서 15분을 기다린 뒤, 나는 어째서인지 엄마를 마주 보고 서 있었다.

"현준아."

나는 유골함을 안고 그 자리에 못 박힌 채 꿈쩍도 하지 못했다. 아빠도, 여기서 일하는 연구원들도 가만히 콧구멍만 벌름대며 나와 엄마를 지켜보았다. 엄마는 곤란하다는 듯한 표정을 지으며 나를 보았다. 한참 뒤에야 나는 겨우 한마디를 입 밖으로 뱉었다.

"이게 뭐야……."

엄마는 놀란 나를 보고 말없이 팔을 뻗어 내 손을 잡았다. 엄마의 굳은살이 느껴졌다. 내가 너무나 잘 알고 있는 그 형태 그 감촉으로. 나는 봤다. 불타 허물어진 나무 관 속 엄마의 유골을 잘게 빻아서 금속 쓰레받기처럼 생긴

통 속으로 밀어 넣은 다음 유골함에 담아 주는 것을. 하지만 지금 엄마는 내가 자신의 굳은살을 잘 만져 볼 수 있도록 더운 체온과 땀방울이 느껴지는 손바닥을 부드럽게 펼쳐 주고 있었다.

"왜. 갓기 같아?"

엄마가 멋쩍게 미소 지었다. 그 눈가에 잡히는 작은 주름의 모양을 나는 알고 있었다. 더는 그 얼굴을 마주할 수가 없어서 나는 아빠를 돌아보았다.

"이게 뭐냐고."

"정부에서 비밀리에 시범 도입하고 있는 정책이 있어. 사고사로 죽은 사람이 있는 가족을 골라서, 죽은 이의 기억을 로봇 속에 집어넣는 건데…… 아니, 로봇이라기보다는 그게 그러니까…….'

"인간의 뇌는 네가 좋아하는 컴퓨터랑 똑같이 전기 신호로 작동하거든. 음, 그러니까 개인의 정체성이란 건 신경 세포들 사이 상호 작용의 산물에 불과한 거야. 우리는 신경망의 시냅스에서 연결 강도를 조정함으로써 인간 뇌 속의 기억을 안드로이드에게 이식하는 데 성공했어. 이미 1호기가 지금까지 그 정체를 들키지 않고 3년 넘게 가족과 사회에 섞여서 살아가는 데 성공하고 있고."

아빠의 말을 이어받은 연구원이 알아먹지 못할 소리를

잔뜩 늘어놓기 시작했다. 컴퓨터를 좋아한다고? 나는 초등학교 6학년까지 데스크톱 컴퓨터를 켜는 방법도 몰랐다. 태블릿이 있는데 왜. 다른 연구원들도 질세라 차례로 대화에 끼어들었다.

"내년 여름에 4년을 채우면 시범 도입이 성공한 것으로 보고 지원받을 수 있는 가족의 수를 늘려 갈 계획입니다. 7세 이하 어린이 중 편부모 가정이 될 상황에 부닥친 집들을 중심으로 해서, 나중엔 자녀나 배우자를 사고로 잃은 가족까지 점차 확대를……."

"너희 어머니가 받은 수술은 사실 암 수술이 아니라, 마인드 업로딩을 위해 머리에서 뇌를 빼내는 수술이었어. 이미 암세포가 심각하게 전이돼서 기존의 몸으로는 살아나실 수가 없었거든."

"처음에 시작점을 무엇으로 할지 세팅해야 해. 안드로이드가 자신이 인간이 아님을 알고 있도록 할지, 아니면 모르도록 할지 말이야."

"1호기는 후자였거든요. 현준 학생 어머니는 전자 쪽으로 시작점이 세팅될 거예요. 아직은 표본이 불충분하지만, 나중엔 둘 중 어느 쪽으로 시작점을 세팅하는 게 더 정확하게 죽은 가족 구성원을 재현할 수 있는지 알 수 있을 겁니다."

"문제는 후자로 세팅된 안드로이드가 자신이 인간이 아니라는 것을 깨달아 버렸을 때인데, 이때는 그 기억을 리셋해야 돼."

"리셋에는 부작용이 좀 있는데요, 정체성과 전혀 관련 없는 기억들도 함께 지워지는 현상이 보고되고 있어요."

"인간처럼 자연스러운 성장과 노화를 구현하는데도 아직은 한계가 있어. 주변 사람들이 하루아침에 키가 커지거나 주름살이 늘어난 걸 눈치채지 못하도록, 어쩔 수 없이 방학이나 휴가 동안에 개조해 놓고 있지."

나는 엄마의 얼굴을 한 안드로이드를 쳐다보았다. 그리고 다시 아빠를 보았다.

"왜 나한테 이걸 다 말해 주는 거예요? 엄마가 죽었다는 거. 저건 진짜 엄마가 아니라는 거. 그리고……."

엄마 얼굴을 한 안드로이드의 손에 움찔 힘이 들어갔다.

"그리고……."

"엄마가 그렇게 해 달라고 했어. 죽기 전에. 유언으로. 너한테 이번에는 다 말해 줬으면 좋겠다고."

"이번에는?"

"그래."

"다 말한 거예요?"

"아니."

"말해요."

아빠는 내 시선을 피했다. 그러나 이번엔 만지작댈 머그 잔이 없었다. 아빠는 곧 다시 고개를 들어 나를 보았다.

"너는 죽었어, 현준아. 3년 전에. 교통사고로."

나는 할 말이 없어 멍하니 아빠를 쳐다보았다.

"엄마가 죽기 전에, 너한테 그걸 말해 주라고 했어."

"왜요?"

"아빠도 몰라."

나는 작은 녹색 방 안의 익숙한 얼굴들과 낯선 얼굴들을 둘러보았다. 그리고 천장을 보았다.

"내 이름은 장현준. 중3. 남자. 종족은……."

나는 말을 멈췄다. 그리고 달렸다. 빌어먹을 미술관 아니면 악의 기지처럼 생긴 건물을 빠져나와 엄마의 유골함을 안고서 퍼붓는 폭우 속을 미친 듯이 달렸다.

"이게 뭐야! 이게 뭐야! 이게 뭐냐고!"

나는 마구 욕을 하며 질퍽한 진창을 달렸다. 신발이 미끄러지며 바닥을 뒹굴었지만, 유골함은 내가 온몸으로 감싼 덕분에 깨지지 않고 무사했다. 뒤편에서 어른들이 쫓아오는 소리가 들렸다. 멀리 앞쪽에서도 길을 틀어막는 시커먼 승용차들이 보였다. 나는 어디로 가야 할지 몰라 우왕좌왕했다.

"현준아! 현준아!"

아빠의 외침이 들렸다. 나는 무작정 그 반대 방향으로 달리며 소리쳤다.

"정말 밉습니다! 매우 밉습니다! 당신, 미워할 겁니다! 무척 미워할 겁니다. 당신, 나는!"

"고운 말 시작! 고운 말 시작! 리셋해야 됩니다! 1호기 리셋!"

연구원들이 사방에서 외쳤다. 도로 가장자리에 몰려 허둥지둥하던 나는 순간 주차 방지턱에 발이 걸려 유골함을 놓치고 말았다.

"안 돼!"

엄마의 유골함이 그대로 낭떠러지 아래 빗물에 불어난 강물에 휩쓸렸다. 나는 뒤따라서 급류 속에 몸을 던졌다. 1초 정도 공중에 떠서 왜 그랬는지 후회했지만 아무것도 바꿀 수 없었다. 물은 아프고 차가웠다. 사납게 출렁이는 흙탕물이 나를 몇 번이나 강바닥에 메다꽂는 바람에 숨이 막혀 죽을 것 같았다.

'잠깐만. 왜 숨이 막히는 거지? 숨을 쉴 필요가 없는 거 아니야, 나는?'

그렇게 생각한 순간부터 숨이 막히지 않았다.

'빌어먹을. 이게 뭐야. 이게 진짜 대체 뭐냐고……. 최

예원이 아니고 왜 내가? 살면서 한 번도 예습해 본 적이 없는데.'

엄마의 유골함은 어디로 갔는지 흔적도 보이지 않았다. 상류에서 떠밀려 온 커다란 나뭇가지에 머리를 얻어맞은 나는 그대로 세찬 강물에 맥없이 휩쓸려 갔다. 의식을 잃지 않기 위해 기억 상실 방지 주문을 외우려 했지만 아무것도 떠오르지 않았다.

'하나만 기억하자. 하나만 기억하자고. 제일 중요했던 거. 그거 하나만 기억해……'

나는 깊고 어두운 강바닥 밑으로 점점 끌려들어 갔다.

'주문을 시작할 수가 없어. 아무것도 생각이 안 나. 그러면 시작할 수가 없어……'

그때 누군가의 굳은살 가득 박인 억센 손이 내 손목을 잡더니 헤엄쳐 낭떠러지 아래 강기슭으로 끌고 갔다. 엄마의 얼굴을 한 안드로이드였다.

"현준아! 올라가야 돼!"

엄마의 얼굴을 한 안드로이드가 낭떠러지의 울퉁불퉁한 암반을 붙잡고 내게 외쳤다.

"시작할 수가 없어, 엄마."

나는 말했다.

"시작 홀드는 필요 없어! 잡고 싶은 걸 잡아!"

엄마의 얼굴을 한 안드로이드는 한쪽 손으로는 튀어나온 암반에 매달린 채, 다른 손으로 내 손목을 간신히 붙잡고 있었다. 폭우는 갈수록 심해졌고 강물은 나를 거칠게 하류로 끌고 가려 했다. 엄마의 얼굴을 한 안드로이드의 손아귀에서 점점 내 손목이 미끄러지기 시작했다.

"오르는 법을 몰라. 다 지워져 버렸어."

나는 말했다.

"몰라도 돼. 그냥 잡아."

"엄마가 보고 싶어."

"나는 엄마가 아니야. 엄마의 기억이야."

엄마의 얼굴을 한 안드로이드가 말했다.

"너는 누구니?"

"기억하는 사람."

"그럼 그걸 해."

엄마의 얼굴을 한 안드로이드는 나를 놓치지 않기 위해 안간힘을 쓰느라 얼굴이 일그러지면서도 어떻게든 미소를 지어 보였다.

"그럼 그걸 하라고."

내 손이 쑥 빠져나갔다. 강물 속에 잠겨 까맣게 지워지기 직전, 나는 다른 손을 뻗어 엄마의 얼굴을 한 안드로이드의 손목을 가까스로 잡았다. 그리고 새로운 주문을 만

들었다. 내가 누구인지 잊지 않기 위한, 새로운 주문을.

"나는 기억하는 사람이야."

"그래."

"여기서 시작해도 돼?"

빗줄기가 세차게 우리 얼굴을 때렸다. 먹구름 위에서 번개가 번쩍였고, 덕분에 높은 강둑 위에서 아빠와 연구원들이 어찌할 바를 몰라 우리를 내려다보며 소리를 지르는 모습이 보였다. 천둥이 그들의 목소리를 지웠다. 눈부시다. 그리고 시끄럽다.

"그래. 인정해 줄게. 문제를 풀었다고. 인정해 줄게."

"멋이 없어도 괜찮아?"

"현준아, 제발. 집중 좀 해."

"현제집이네, 완전."

"그래, 현제집이야, 완전 진짜. 현제집."

나는 엄마의 얼굴을 한 안드로이드를 보았다. 그 얼굴은 내가 방금 만든 말이 무슨 뜻인지 완벽하게 이해하고 있었다. 나는 엄마의 얼굴을 한 안드로이드의 손목을 잡았다. 잡고 싶은 것을 잡았다. 최대한 세게 잡았다. 억센 손이 나를 위로 힘차게 끌어올렸다. 그리고 우리는 함께 암벽을 오르기 시작했다.

방금 멋대로 세팅한 시작점으로부터. 이 새로운 주문은

점점 길어질 것이다. 내가 삶이라는 암벽 위에서 어떤 바위들을 선택하여 잡느냐에 따라서 말이다⋯⋯. 지금 한 말은 좀 멋있었다. 이걸 여자애들이 들었으면 좋았을 텐데.

여기까지가 내가 기억을 지키기 위해 남들보다 특별히 애를 쓰게 된 계기에 대한 이야기다. 그 이유를 기억하기 위해 여기 글을 적는다. 종이에 적힌 글은 화재, 수재, 먼지다듬이, 핵전쟁, 또 다른 몇몇 것들에 취약하지만, 내 머릿속도 안전하지 않음을 알았으니 이렇게라도 다른 곳에 저장해 놓는 것이 좋겠다. 이 글을 읽는 다른 사람, 그러니까 당신의 머릿속 말이다.

내가 기억을 간직하기 위해 이토록 애쓰는 이유에 공감하고, 나를 가엾게 여기게 되었다면 부디 이 이야기를 기억했다가 혹시라도 나에게 무슨 일이 생기면 전해 주길 바란다. 오늘 밤 당신의 머릿속이 갑자기 리셋되어서, 내일 아침 거울을 마주 보고 살인마가 침입했다며 경악하지 않는다면 말이다.

당신은 나의 이름도, 나이도, 성별도, 국적도, 발로란트 주챔도, 좋아하는 아이스크림도 모르는데 어떻게 나를 알아볼 수 있겠느냐고? 그건 개 쉬운 일이다. 틈만 나면 주문을 외우는 보이 그룹 비주얼 멤버처럼 생긴 남학생이 전국에 몇 명이나 있겠는가.

작가의 말

때는 2018년이었습니다. 저는 서울 송파구에 소재한 한림연예예술고등학교에서 영상제작과 제작 실습 수업, 영등포구 영원중학교에서 자유학기제 CF 창작 수업, 강동구 천호초등학교에서 문예체 협력 단편영화 창작 수업의 강사로 일하고 있었습니다. 초, 중, 고에서 동시에 수업을 하며 깨달은 것은, 제 정신 연령이 초등학교 6학년의 수준과 정확히 일치한다는 흥미로운 사실이었습니다.

고등학교에 가면 저는 자기들 머리가 클 만큼 컸다고 생각하는 고3들에게 성인으로서 감히 넘보지 못할 권위를 세우기 위해 조금은 지나칠 정도로 냉엄하게 임했습니다. 그 사실을 증명하기 위해 한 여학생이 본인은 영상 관련 학과 진학을 희망하지 않으므로 제 수업 시간마다 사물함 위에 올라가 담요를 덮고 누워서 잠을 자고 싶다고 제안했을 때, 제가 학생에게 트라우마를 남길 만큼 무서운 표정을 마음속으로 지으며 2초 정도 심사숙고한 끝에 예외적으로 허락해 주었던 일화를 굳이 언급할 필요는 없을 것이라 생각합니다.

초등학교 수업은 해방의 시간이었습니다. 저는 아침마다 제 사비로 구매한 뚜레쥬르 샌드위치를 자신에게도 나눠 줘야 한다고 주장하며 달려오는 여학생을 피해 온 교사를 누비며 추격전을 펼쳤고, 저를 좀비 역으로 캐스팅한 감독들의 명령대로 몸을 비틀고 신음하며 인간 역할 학생들의 목덜미를 가차 없이 물어뜯었습니다.

초등학교 5~6학년 학생들이 제작한 영화들을 탐구해 보면 놀랄 정도로 동일한 주제가 작가주의적으로 반복됨을 발견할 수 있는데, 대표적으로는 핵폭탄, 학교 탈출, 일진, 좀비가 있습니다. 이 작품에는 놀랍게도 위 주제 중 단 세 가지만이 등장하여, 겨우 75%의 일치율을 보이고 있습니다. 이것이 지난 6년간 제가 이룬 지적 성장의 결실이라면 좋겠지만, 사실 이 작품은 영원중 수업 마지막 날 한 학생이 건네준 편지의 카피본으로, 이 자리를 빌려 고백하자면 저는 우리학교 출판사에서 원고료를 입금받았으면서도 정직하게 집필에 임하는 대신 그 학생의 편지에 제 이름을 달아 보낸 파렴치한……

* 조서월 작가님의 작가의 말은 지면 부족으로 후략합니다.

형태 마음의 형태

청예

청예

남몰래 김치를 물에 헹궈 먹는 사람. 제9회 교보문고 스토리 공모전 단편 우수상, 제4회 컴투스 글로벌 콘텐츠문학상 최우수상, K-스토리 공모전 최우수상(제1회, 제2회)을 연달아 수상했다. 제6회 한국과학문학상 장편 대상을 받았다. 다수의 영상화 계약을 체결했으며 예스24 '2024 한국 문학의 미래가 될 젊은 작가' 12인에 선정됐다.

"나형태! 너는 너밖에 모르지?"

지호의 인중에다 주먹을 꽂아 넣은 건 충동이었다. 나처럼 오른쪽 눈두덩이에 점 하나가 박혀 있는 지호의 얼굴이 바람 빠진 풍선처럼 망그러지며 뒤로 훅 꺾였다. 콩알 같은 콧구멍에선 피가 후두두 쏟아졌다. 내 손가락 마디에도 그 피가 묻었다. 손을 아무리 깨끗이 씻어도 경찰이 나를 체포한다면 이 흔적으로 내가 범인인 걸 다 알겠지.

'어차피 혼날 거라면 한 대 더 맞기나 해.'

피를 보고 흠칫 놀란 것도 잠시였다. 반쯤 이성을 잃고 지호의 머리통을 주먹으로 내려쳤다. 지호는 분명 잘못했다. 그런데도 사과는커녕 나를 이기적인 사람 취급하며 내가 나밖에 모른다며 헛소리를 했다. 친구지만 괘씸했다.

내가 너보다 공부 잘하거든? 키도 너보다 크거든? 넌 멍청하고 행동이 굼떠서 오늘 팀 게임에서도 너 때문에 졌잖아. 그런 주제에 하기 싫은 게임이었다고 변명이나 하다니. 도움 안 되는 새끼. 한 대 더 맞아. 두 대 더 맞아. 분이 안 풀려.

덕분에 방과 후, 우리는 교무실로 불려 가 담임 선생님 앞에서 시시비비를 가려야만 했다.

선생님이 각자의 입장을 말해 보라고 운을 떼자마자 동시에 목에 핏발을 세우고는 아침 일찍 일어난 수탉처럼 언성을 높였다. 누가 더 억울한지를 따질 때는 기선 제압이 중요하니 목소리가 큰 쪽이 이기기 마련이다.

"나형태가 자꾸 저보고 게임 못한다고 욕했다고요."

"이지호가 먼저 제 안경을 망가뜨렸어요."

"일부러 그런 거 아닌데요? 절 무시하고 손으로 이마를 툭툭 쳤어요. 기분 나빠서 그 손을 치우려고 하다가 안경을 잘못 친 거예요."

"아니요. 얘는 미안하다고 사과도 안 하고 뻔뻔하게 제 탓을 하고……."

"아, 나형태가 먼저 시비 걸었다고요!"

이 자식이? 눈앞에 담임 선생님만 없었다면 콧구멍에

쑤셔 박힌 휴지 뭉치를 뽑아서 목구멍에다 넣어 버리고 싶었다. 지호는 계속해서 사건의 원인을 내게로 돌렸다. 그 뻔뻔함에 입천장까지 분노가 차오른 나는 끝내 저지르고 말았다. 자리에서 일어나 지호가 앉아 있던 원목 의자를 발로 차 버렸다.

"어머, 형태야!"

지호는 그대로 바닥에 나뒹굴었다. 통통한 몸이 바닥과 부딪는 순간. 교무실에 어울리지 않는 이질적인 소리가 울려 퍼졌다. 모든 선생님이 나를 바라봤다.

"재 좀 봐라."

이러면 끝난 거다. 결국 다 내 잘못이 되는 거다. 참아야 했는데…….

그날 선생님의 연락을 받은 엄마는 퇴근하자마자 나를 불러 앉혔다.

"왜 또 그랬어."

"이번에는 진짜로 내가 잘못한 거 아닌데요."

"선생님이 그러던데 네가 지호를 때리고 발로 차기까지 했다면서?"

"때린 건 맞는데 발로 찬 건 아니에요. 내가 찬 건 지호가 앉은 의자였어요!"

"왜 그랬냐고."

"걔가 내 안경을 망가뜨렸……."

"안경 그까짓 게 중요하니? 왜 너는 자꾸만 문제를 만들고 다녀."

이럴 줄 알았다. 나만 고작 안경 하나 망가진 걸로 화를 내는 이상한 사람이 됐다. 나는 엄마가 할 말을 다 예측할 수 있었지만, 엄마는 내 마음을 하나도 몰랐다. 그뿐인가. 이다음에 펼쳐질 아빠의 잔소리도 마찬가지일 게 뻔했다. 나형태, 너 이 자식 또 말썽을 피웠구나. 의미 없는 호통을 치고 겁을 주면서 한껏 화난 표정을 짓다가도 됐으니까 들어가서 자라, 한숨을 팍 쉬고는 놓아주겠지.

엄마 아빠는 말수가 적은 어른이다. 집에 함께 있어도 고요한 사람들. 사흘에 한 번만, 아니, 일주일에 한 번만 웃기로 약속한 사람들처럼 입꼬리를 당겨 올리는 일에 인색해진 사람들. 울기라도 하면 다행이지 울지도 않는 기계들. 기쁨도, 슬픔도, 이제는 못 느끼는 고장난 존재들.

둘은 나를 호되게 혼내거나 좋은 말로 타이르거나 어쩌지 못하는 한심한 부모였다. 그러니 자초지종을 끝까지 설명하기도 전에 내 속만 터지는 것이다.

"됐어요. 나한테 이러쿵저러쿵 더 말하지 마요!"

방문을 쾅 닫았다. 문고리가 흔들릴 정도였다. 흰색 문

너머로 엄마의 긴 한숨 소리가 들려왔다. 속이 상하는 건 난데. 내가 한숨을 쉬면 버릇없다고 혼낼 거면서. 가슴이 답답하여 망가진 안경을 손에 쥐고 있다가 바닥에 확 패대기쳤다.

이것 때문에 화가 났는데, 이것 때문에 화가 났다고 하면 아무도 납득하지 않을 걸 잘 알고 있다. 밟아서 으깨버릴까, 이따위 안경.

"짜증 나."

역시 그럴 수 없었다. 이깟 안경 하나가 나를 화나게 할 만큼 내게는 소중했으니까.

*

토요일 아침 일찍 집에서 나와 아파트 단지를 어슬렁거렸다. 가진 건 휴대폰과 닌텐도 게임기가 전부였다. 이것만 있으면 하루 종일 밖에 있을 수 있으니 상관없었다.

갈 곳이 없어 아파트 공원에서 그네를 타며 시간을 죽이고 있는데 엄마와 친한 이웃 아주머니가 나를 발견했는지 내 쪽으로 몸을 틀었다. 아주머니는 발걸음을 채 떼기도 전에 혀를 찼다. 아주머니가 할 말은 안 들어도 뻔했다. 너 또 사고 쳤다며? 정도의 잔소리를 하겠지.

"형태야. 너 지호 때렸다며?"

뭐, 대충 맞췄다. 이지호, 촌스러운 자식. 애새끼 같은 놈! 코피 좀 났다고 엄마한테 쪼르르 가서 이르다니 비겁해. 엄마들한테 말하면 순식간에 아파트 단지 전체에 소문나는 거 몰라? 이래서 우리 반 애들이 싫다니까. 하나같이 치사하고 유치한 좀생이들이다.

어른에게 기대지 않는 건 나뿐이었다. 나는 내가 겪은 일들을 엄마와 아빠에게 나눠 주지 않거든. 집 밖에서 일어나는 일들을 그들이 무서워한다는 걸 알고 있으니까.

아무튼 아주머니가 다음으로 꺼낼 말은 "왜 그랬니?"일 거다.

"또 왜 그랬어?"

거봐, 뻔했다. 어른들은 인간 모양으로 찍어 놓은 붕어빵이다. 다 똑같아. 저 머리 안에 든 것도 뇌가 아니라 똑같은 맛이 나는 팥일지도 모르지. 붕어빵은 차라리 따뜻하기라도 했다.

"아주머니가 무슨 상관인데요."

"응?"

"뭔 상관이시냐고요. 그리고 지호가 먼저 잘못했거든요? 제 안경을……."

"형태야. 너희 엄마 아빠가 너 하나 바라보면서 얼마나 열심히 사시는데 제발 철 좀 들어라. 지난번에도 친구랑 싸웠다며? 그러면 안 돼. 평소에 늘 사이좋게 지내고, 밥도 잘 챙겨 먹고, 밖에 나가면 차 조심하고, 공부 열심히 하면서 지내야지. 네 부모님이 얼마나 마음을 졸이면서 사시는데."

"됐다고요!"

에이씨, 기분만 더러워졌다. 밑도 끝도 없는 아주머니의 훈계에 나는 부아를 참지 못하고 그네를 발로 확 걷어찼다. 아주머니는 공포 영화를 본 관객인 양, 두 손으로 입을 틀어막으며 과장되게 놀란 척을 했다. 나를 귀신보다 더 무서워하는 그 모습이 마음에 들지 않았다.

"왜 전부 나한테만 그러는데요!"

신발 앞코로 놀이터 흙바닥을 퍽퍽 찍어 내린 다음 아주머니를 향해 이를 가는 얼굴을 보여 주곤 그대로 자리를 떠났다.

정말 나한테만 그랬다. 왜 어른들은 늘 나만 보면 한숨을 쉬고, 잔소리를 하고, 못 가둬 두어서 안달일까? 왜 나만 문제아 취급하는 걸까?. 뭐가 그렇게 겁이 나? 나는 나인데? 물론 친구 코에다 주먹질을 하는 아이는 나쁜 아이가 맞겠지. 그건 맞는데, 내 입장도 들어 줘야만 했다.

일전에 다른 친구들과 다툰 이유는 그들이 나보다 멍청

해서였다. 난 수학, 과학, 사회 전부 친구들보다 문제 하나를 더 맞췄으면 맞췄지 절대 덜하지 않았다. 반에서 아무리 못해도 3등은 거머쥐었다. 멍청한 인터넷 유머로 웃고 떠드는 일은 저급하게 여겼다. 도서관에서 책을 제일 많이 빌려 읽는 건 나였고, 다른 애들이 끼리끼리 놀러 다니는 주말에 혼자 고전 문학을 읽는 것도 나였다.

concede가 무슨 뜻인지 알아? cursory가 무슨 뜻인지는 알고? 코사인 법칙이라고 들어 봤냐? 난 사르트르가 어느 나라 사람인지도 다 안다고. 그러니 내가 친구들을 무시하는 건 당연한 일이었다. 친구들이 손에 축구공이나 과자를 쥐고 있을 때, 내 손에는 늘 책이 들려 있었으니까.

"너네 다 존나 무식해."

냉철한 평가를 받은 그들은 들어 봤자 저열하기만 한 말들로 항변했고 나는 그럴 때마다 그들의 논리를 완벽하게 격파했다. 지호는 그 모든 과정을 겪고도 유일하게 곁에 남아 있던 친구였다. 어차피 이제는 떠났지만.

지호는 멍청하다고 조롱당하면 "맞아, 나 공부 못해." 하고 인정해 버렸다. 주제 파악이 된 녀석이랄까. 그래서 기꺼이 친구가 되어 줬는데 게임이 문제였다. 닌텐도에서 오래전에 출시한 '액션배틀 으쌰으쌰' 게임팩은 팀을 이뤄서 유저들을 상대하는 대전 게임인데, 지호가 너무 못했다. 걔는 공부도 못하고, 게임도 못하고, 잘하는 건 내 말에 고개를 끄덕이는 일밖에 없었다.

그런 주제에 내 안경을 망가뜨렸으니, 혼날 만도 했잖아.

"너 없어도 게임은 충분히 혼자서 할 수 있어."

상관없었다. 친구 따위 없다고 외로워지진 않을 거다. 엄마 아빠가 날 이해해 주지 않아도, 그래, 이것도 상관없었다. 어차피 집에 있으나 마나 같이 얘기도 하지 않는 어른들, 공기인 셈 치자. 나는 특별한 사람이다. 뭐든지 혼자 해 버릴 수 있는 특별한 사람!

'나형태, 너는 너밖에 모르지?'

지호의 말은 던져진 적 없는 메아리가 되어 제멋대로 내 안에서 윙윙거렸다. 인정하고 싶지 않았다. 왜 모든 상황에서 결국 나만 나쁜 사람이 되고 마는 건지. 절대 지호에게 사과하지 않을 것이다.

가져온 게임기를 만지작거리며 아무 벽에나 등을 기댔다. 듣기로는 액션배틀 으쌰으쌰의 솔로 팩을 구입하면 굳이 친구를 구하지 않아도 혼자서 플레이가 가능하다. 하지만 오래전에 생산이 중단된 팩이라 구입이 어려웠고, 드물게 있는 재고는 무척 비쌌다. 카카오뱅크 잔고를 확인해 보니 남아 있는 용돈이 부족했으나 방법은 있었다. 바로 당근마켓, 동네로 주소를 설정하고, 으쌰으쌰 솔로 팩을 검색하면…….

"오, 찾았다."

거리 100m, 솔로 팩 중고 거래 가능, 쿨 거래 우대, 2만 5000원, 비현실적인 조건으로 사기를 치거나 실제 판매자가 존재하지 않는 유령 계정이 있어 당근 거래를 할 땐 주의가 필요하다. 꼼꼼하게 살폈는데 해당 사항은 없어 보였다. 다만 판매자 온도가 기본값인 걸 보아 당근 거래를 처음 해 보는 사람인 듯했다. 나는 즉시 메시지를 보냈다.

> 으쌰으쌰 팩 거래 ㄱㄴ?

직거래만요

> 혹시 2.0 네고 ㄱㄴ?

꺼지시고요~

> 아쉽ㅋㅋ 장소 제시ㄱㄱ 당장 구매 갈겨 드림

30분 뒤 현대공원 놀이터요. 왼쪽 눈 밑에 점 있는 남자임 놀이터 미끄럼틀 앞. 판매자로 나온 형은 얼핏 보아도 성인이었고 관리가 안 된 덥수룩한 머리에다 키가 무척 컸다. 미리 들은 대로 왼쪽 눈 밑에 검붉은 점이 하나 찍혀 있어 헷갈릴 수가 없는 외모였다. 쭈뼛거리며 "당근이요." 하고 소심히 말하자 남자가 외투 주머니에서 팩을 꺼냈다. 그런데 곧장 주지 않고 내 위아래를 훑더니 대뜸 박장대소했다.

"말이 존나게 짧더니만 초딩이 나왔어!"

갑자기 들어온 무시 발언에 발끈한 나는 주먹을 꽉 쥐었다.

"저 초딩 아닌데요? 무시하지 마시죠."

남자가 비웃으며 콧김을 뿜더니 물건 상태를 확인하라고 팩을 내밀었다. 잔기스 하나 없는, 흡사 새 제품 같았으나 초딩이라는 말에 자존심이 상한 나는 일부러 까탈을 부렸다.

"플레이 상태 체크하고 입금할게요."

"인마. 뭘 깐깐하게 구냐? 딱 봐도 멀쩡하잖아."

남자가 이죽거리며 개를 쓰다듬듯이 내 머리칼을 쓰다듬었다. 순간 단전에서부터 열이 확 올랐다. 나는 "어어!" 하고 위협하는 소리를 내며 머리를 마구 털어 경계했다. 남자는 내 모습이 마냥 웃기다는 듯이 킥킥거리며 더 가까이 다가왔다.

"물건 확인은 소비자의 정당한 권리거든요?"

"어디서 어려운 말은 주워들어서. 그냥 빨리 입금해 줘."

"자꾸 입금 강요하면 소보원에 신고할 거예요."

"푸하하. 너 소보원 단어 뜻은 아냐?"

뭐더라? 렉카 유튜브에서 많이 봤는데. '소'랑 '보'가 무슨 단어의 앞 글자더라? 나를 거듭 무시하는 점이 불쾌해 미간을 팍 찌푸리고 팩을 게임기에 연결했다. 깐깐하게 플레이 상태를 점검했지만, 아무런 문제가 없었다. 하지만 똑똑하게 하나라도 꼬투리를 잡아 내가 무시당할 만한 아이가 아니라는 걸 보여 줘야만 했다.

"플레이 잘 되지? 입금해."

"잠시만요. 여기 그, 그……."

"뭐."

"그……."

"그 뭐."

상태를 확인하는 척 계속 플레이를 이어 갔지만 어떤 오류나 버벅임도 없었다. 기분 나쁜 말만 하지 않았더라면 단번에 쿨 거래를 하고 놀이터 구석에서 게임을 즐겼을 텐데 괜히 감정이 상해 거래를 파기하고 싶어졌다.

"형이 너 만나려고 엄마가 차려 준 밥도 안 먹고 나왔어. 갑자기 안 산다고 거래 파기할 생각 마라."

어른들은 눈치가 참 빠르군. 하지만 스스로를 형이라 일컬으며 허세 부리는 남자를 공격할 거리가 하나 생겼다.

"다 커서도 엄마가 차려 주는 밥이나 먹고 다니고……."

"뭐?"

"성인이 됐으면 밥은 자기가 차려 먹어야지……."

"어쭈. 너 나한테 불만 있냐?"

히죽이며 나를 놀리던 형의 표정이 구겨졌다. 양손을 허리춤에 올리더니 금방이라도 아빠 같은 모습으로 나를 혼쭐내겠다는 듯 위협적인 자세를 취했다. 받은 대로 돌려줬을 뿐인데 상상 이상으로 언짢아하니 통쾌하기보다는 겁이 났다. 설마 때리진 않겠지? 그러면 교육청에 바로 신고해야지……. 학교 밖에서 만난 사람도 신고할 수 있으려나?

"야. 너 내가 초딩이라고 해서 삐졌나 본데 그러면 정정당당하게 게임으로 승부 볼까? 네가 이기면 그 팩 공짜로 줄게. 대신 내가 이기면 사과해."

눈이 확 뜨였다. 나에게 으쌰으쌰로 배틀을 제안하는 건 아파트 옥상에서 맨몸으로 뛰어내리는 일과 다를 바가 없었다. 저 형은 캐릭터가 처참하게 죽는 모습밖에 볼 수 없으리라. 이래 봬도 나는 게임 출시 초창기부터 하나의 캐릭터만 공략한 고인 물에다 승률도 매우 높았다. 지호의 실력에 답답함을 느꼈던 것도 내가 보통 유저가 아니라 실력이 출중했기 때문이다.

잘하면 공짜로 팩도 얻고 재수 없는 형의 콧대도 꺾을 기회였다. 가슴이 두근거렸다.

"당장 붙어요!"

게임을 시작한 지 10분이 지났다. 머릿속에 제일 먼저 든 생각은 어떡하면 자존심 상하지 않고 죄송하다고 말할 수 있는가였다.

패배의 맛은 덜 데친 시금치보다 썼다. 형은 능숙하다 못해 얄미울 정도로 상대를 희롱하는 플레이를 펼쳤다. 허망하게 HP가 깎여 버린 내 캐릭터는 픽픽 나가떨어졌다.

"자, 이제 입금하고 사과도 해라."

"한 판만 더 해요."

"이야. 뻔뻔한 애네."

"입금은 할 거예요! 하지만 제가 앉은 쪽이 햇볕 때문에 눈부셔서 진 거예요. 불공평하니까 한 판 더 해요. 자리 바꿔서."

나는 손을 휘적거리며 정수리 위에 내려앉는 햇살이 얼마나 강한지를 보여 주었다. 사실 게임기 화면을 보는 일에는 무리가 없었지만, 원래 게임이란 사소한 차이 하나가 눈덩이를 굴리고, 나아가 승패를 결정하는 법이니 공정해야 마땅했다. 절대로 치사한 요구를 한다고는 생각하지 않았다.

"그러든지."

형은 벤치의 자리를 바꿔 주었고 우리는 즉시 재대전에 돌입했다.

또 패배했다. 이번에는 내 쪽에 바람이 많이 불었다. 절대 경기 중에 일어나선 안 되는 기후 요소였다. 그다음 판에도 패배했고, 흙먼지가 눈에 들어가서였다. 또 패배했고, 형이 불시에 재채기를 해서 날 놀라게 했기 때문이었다. 다음에도 패배했고, 형이 목을 스트레칭하느라 산만하게 움직여서 그랬다. 아아, 이 형 비겁한 어른이네. 나이를 허투루 먹는다는 건 이런 사람을 두고 하는 말일 거다. 이기려고 온갖 짓을 다 하잖아! 어떻게든 내가 이길 때까지 대전을 거듭해야만 했다.

간신히 내 쪽에서 승기를 잡았는데 형이 불시에 게임을 멈췄다. 두 유저 중 한 명이라도 플레이를 멈추면 게임은 자동으로 정지됐다.

"잠깐만. 나 화장실 가고 싶어."

"그런 게 어디 있어요. 이 판 끝내고 가요. 빨리 홀드 풀어요!"

나는 입에서 침을 튀겨 가며 씩씩거렸다. 필시 본인의 패색이 짙어지니 비겁한 거짓말로 경기의 흐름을 깨려는 짓이리라. 두 팔을 뻗어 아예 형이 떠나지 못하게 가로막았다. 더 치열하게 자존심을 걸라고요, 형도.

"야."

일어선 형이 게임기를 꺼 버리고는 바지 주머니에 손을 찔러 넣었다. 표정에 장난기가 없었다. 목소리를 깔고 '야'라고 부르는 건 분위기를 깰 작정을 했다는 건데……. 화장실을 못 가게 했다는 이유로 화가 난 걸까? 이번에는 진짜 혼을 내려나. 때리면 어떡하지?

엄마 아빠는 바깥세상이 위험하니 늘 조심해야 한다고 했었지. 난 겁에 잔뜩 질린 엄마의 얼굴이 보기 싫었고, 그 말에 동조하는 아빠의 나약함도 싫어서 늘 그 말을 무시해 왔는데.

위험이 어떤 얼굴인지 조금은 알 것 같았다. 조금도 해독되지 않는 표정으로 나를 내려다보는 성인의 시선. 다음에 들릴 말이 두려워지는 침묵. 아직은 덜 친밀한 상대의 눈가에 찍힌 나와 비슷한 붉은 점. 이 형은 내가 쉽게 읽지 못하는 사람, 미지의 존재였다. 그 미지가 기립하니 내 몸을 집어삼킬 만큼 커다란 그림자가 드리워졌고, 나는 마른침을 삼키며 옛날 생각을 했다.

짧은 순간이 지나고, 형의 얼굴에 미소가 돌아왔다.

"돈 안 줘도 되니까 우리 집에 가서 계속할래?"

얼떨결에 따라간 형네 집은 아파트가 아닌 동네의 외곽, 낡은 주택가에 있었다. 혹시 유괴를 당하는 건 아닐지 걱정돼 지호에게 앞으로 세 시간 동안 연락이 없으면 경찰에 신고해 달라는 메시지를 보내 놓으려다 우리가 서먹한 상태라는 걸 자각하고는 관뒀다. 형은 내가 겁먹은 걸 알아차리고서도 안심시키기는커녕 콧노래를 부르며 길을 안내했다.

난 낯선 사람을 따라갈 정도로 어리숙한 학생이 아니었다. 당장에라도 달아날까 싶었으나 영 이상한 것이, 위험을 예감하는데도 몸이 뜻대로 민첩하게 움직이질 않았다. 긴장과 동시에 설렘이 느껴지는 오묘한 상황이었다.

돈을 안 줘도 된다는 말 때문이었을까? 돈을 아꼈으니 기쁘긴 한데 그것이 전부는 아니었다. 열네 살의 3월. 점심을 같이 먹을 친구가 없어 마음이 좋지 않았을 때 지호가 먼저 곁에 다가와 앉아 줬던 순간의 반가움과 결이 비슷한 감정이었다.

이 형은 친구도 아닌데…….

"밥 뭐 먹을래?"

"밥이요?"

"집에서 밥 먹고 몇 판 더 하자. 사실 난 혼자 살고 친구도 없어서 게임팩을 아예 처분하려고 했거든. 근처에 너 같은 플레이어가 있는 줄은 몰랐어."

"엄마가 밥 차려 준다면서요?"

"옛날에나 그랬지."

자취생이라는 형의 집은 오래 방치된 공간 같았다. 도어록도 설치되어 있지 않은 문이었다.

실내 풍경이 어딘지 익숙했다. 혹시 몰라 휴대폰을 꼭 쥔 채로 벽에 바싹 붙어 앉았다. 형은 바지가 불편해 보인다며 옷장에서 자신이 어렸을 적부터 입었다는 고무줄 바지 하나를 꺼내 주었다. 옷까지 갈아입을 필요가 있나 싶어서 나는 받아만 두고 자리에 그대로 굳어 있었다. 형은 자기가 제일 좋아하는 음식인 김치볶음밥을 만들어 주겠다며 프라이팬에 썬 김치와 찬밥을 넣고 볶았다. 기름 냄새가 코를 간질이는 동안 집 안을 둘러보는데, 혼자 살기에는 넓은 가정집일 뿐 유괴범의 집으로 보이지는 않았다. 이윽고 형이 책상 위에 냄비 받침대를 던지고는 프라이팬을 통째로 올렸다.

얼떨결에 밥을 얻어먹게 됐을 때는 뭐라고 말해야 할

까. 감사합니다? 아니면, 이 밥도 공짜 확실해요? 영 미심
쩍은 마음을 거두지 못하고 일단은 밥을 한 술 떴다. 김
치, 밥, 기름이 전부인 볶음밥은 희한하게도 맛있었다.

"너 아까 물 타입 캐릭터 선택해서 나한테 진 거야. 난
전기 타입만 쓰거든. 상성 바꿔서 다시 해 보자. 그럼 네
가 이길걸? 이참에 레이드도 뛰어 볼래? 오늘 경험치 두
배 이벤트 하잖아."

"형……."

"왜?"

"진짜로 게임 같이 하려고 저 데려온 거죠?"

"내가 돈이라도 뺏을 줄 알았어? 너 그 정도로 부잣집
도련님처럼 보이지는 않는다 야."

"또 무시!"

형이 키득거리며 내 쪽으로 바싹 익은 밥을 몰아 주었
다. 재료야 형편없었지만 가장자리에서 기름을 많이 머금
고 눌은 밥은 튀김처럼 바삭해서 더 맛있었다. 형은 나만
괜찮다면 저녁까지 게임을 하고 가라고 제안했다. 엄마
아빠의 눈을 피해 시간을 죽일 수만 있다면야 내 쪽에서
는 횡재였다.

"아이스크림도 먹을래?"

"네!"

기분이 좋아진 나는 형이 설거지를 하는 동안 콧노래를 부르며 형이 준 반바지로 갈아입었다. 사이즈가 딱 맞았다. 아지트가 생긴 기분이었다.

*

그 후에도 종종 형의 집으로 가 저녁 늦게까지 게임을 했다. 학교에서는 쉬는 시간마다 게임 공략법을 생각하느라 노트에 방어 및 격투 패턴을 적으며 혼자 노니까 지호가 곁에 없어도 그닥 외롭지 않았다.

지호처럼 바보 같은 친구와 비교하자면 형이 훨씬 더 멋졌다. 그 형은 알고 보니 공부를 꽤 잘했는지 어떤 주제를 고르든 술술 대화가 될 만큼 박학다식했다. 심지어는 동네 사람들 간의 관계에 대해서도 잘 알았다. 매사에 막힘이 없었다. 오랜 시간 내가 친구로 찾던 사람이었다. 멋진 형과 친해졌다는 사실에 나도 덩달아 특별한 사람이 된 것 같은 기분을 만끽했다. 역시 멍청한 반 아이들과 나는 어울리지 않았던 것이다.

하지만 엄마와의 관계는 더 나빠졌다.

"형태야. 지호한테는 사과했어?"

"아뇨. 먼저 안경 망가뜨린 일 사과하기 전까지는 절대로 사과 안 할 거예요."

"너도 참……. 갈 곳이 있으니까 따라 나와."

지호와의 냉전이 절연으로 굳어졌다는 생각이 들 때쯤에, 엄마가 나를 데리고 안경원으로 향했다. 안경 정도야 얼마든지 새로 사 줄 테니 친구에게 정식으로 사과하고 다시는 그런 일을 저지르지 말라 타일렀다. 내 속은 하나도 모르는 어른의 얼굴이란 단 1초도 바라보고 싶지 않게끔 생겼다.

"모양만 비슷한 걸로 골라. 그때처럼 비싼 건 안 돼."

점원이 손으로 진열대 여기저기를 짚어 가며 엄마와 디자인을 골랐다. 엄마는 새 안경을 사는 일을 귀찮아하는 동시에 아까워하는 것 같았다.

원래 내가 쓰던 안경은 초등학교 졸업 기념으로 엄마 아빠가 함께 골라 줬던 것으로, 렌즈까지 포함하여 가격이 무려 20만 원에 달했다. 적지 않은 돈이기에 두 번 사 주기 어렵다는 사실도 모르지 않았다.

"이걸로 해."

엄마가 내민 건 디자인이 유사한 저가 안경테였다. 나는 그 안경을 받아만 들고 얼굴 위에 얹지 않았다.

"표정이 왜 그래? 지난번처럼 비싼 걸로 안 사 줘서 그런 거야?"

"……."

"형태야. 엄마는 네가 이럴 때마다 너무 어려워."

내 태도 때문에 점원 앞에서 민망해진 엄마가 내 얼굴에 억지로 안경을 씌우려 했다. 나는 조금도 쓰고 싶지 않았다. 엄마는 비싼 걸 사 주지 않아서 철부지처럼 그러느냐고 점점 더 언성을 높였다. 그럴수록 내 마음의 세계는 자꾸만 더 좁아지고, 나는 문을 더 단단히 걸어 잠갔다. 엄마, 나도 20만 원이 비싼 돈인 건 알아요. 지호에게 화가 났던 건 20만 원이 아까워서가 아니었단 말이에요.

"뭐가 그렇게 어려운데요."

"갑자기 무슨 소리야."

"내가 뭐 그리 어렵냐고요."

엄마는 늘 결과만을 말했다. 아빠도 마찬가지였다. 본인들이 속상하고, 나를 편하게 대하지 못하겠다고 일방적으로 통보할 뿐, 무엇이 둘의 마음을 그렇게 만들었는지 과정은 도통 설명하지 않았다. 그러니 나는 무엇을 어떻게 바꿔야 하는지 알지 못했다.

예전에 이웃 아주머니가 그랬다. 둘은 마음에 상처가 있는 사람들이니 앞으로는 장남인 내가 책임감 있게 행동해야 한다고. 그 말도 마찬가지였다. 마음의 상처를 어떻게 다독일 수 있는지 구체적인 방법은 알려 주지 않았다. 내가 물으면, 어른들의 대답은 똑같았다.

"아직은 몰라도 돼."

대체 언제 알아도 되는데요? 몰라도 된다고 했으면서 왜 나한테 마치 다 아는 사람처럼 굴라는 듯 눈치를 주는데요?

아무도 몰라 줘서 갑갑한 내 마음은요?

결국 엄마는 끝내 안경을 거부하는 나에게 화를 냈고, 나 또한 욱하는 마음을 참지 못하여 안경원을 박차고 나와 버렸다.

갈 곳이 있어서 다행이었다. 곧장 형의 집으로 가 아무렇지 않은 척 게임을 제안했다. 우리는 게임기를 들고는, 방바닥에 떨어진 머리카락처럼 널브러져 자세를 잡았다. 베개 위에 가슴팍을 대고 엎드려 형과 마주 보며 게임을 시작했다.

"형태야. 넌 친구들이랑 왜 안 놀아?"

"형이 훨씬 더 재미있어서요."

"그럼 나를 알기 전에는 혼자 지냈어?"

"아뇨. 친구 있었어요. 근데 이젠 친구 아니에요."

"이여얼. 벌써 절교도 해? 멋진데?"

형은 다른 어른들처럼 친구와 사이좋게 지내라고 잔소

리하지 않았다. 역시 젊고, 쿨하고, 멋지다. 나는 그런 형이 더 좋아졌다. 콧김을 뿜으며 고개를 들어 보니 형이 능청스럽게 씩 웃어 주었다.

"그러는 형은요?"

"나는 친구 없어."

"왜요? 형 멋진데."

"나랑 게임 같이 해 주는 건 형태 네가 처음이다. 그래서 말이야……."

형은 베개에서 몸을 떼고 벽에 기대앉았다. 게임기를 바라보느라 고개를 숙인 형의 큰 눈이 긴 앞머리에 가려 잘 보이지 않았다. 눈 밑의 붉은 점 하나를 제외하고는.

"너무 쉽게 친구한테 등을 돌리지는 마."

"형이 몰라서 그래요. 난 걔가 나보다 잘난 게 하나도 없고 시시해서 싫단 말이에요. 나한테 먼저 잘못하기도 했고……."

"이번에도 내가 이겼다!"

대화 중에 형이 또 승리를 거머쥐었다. 필살기 한 방만 쓰면 다 이긴 게임이었는데 아쉬웠다. 쉽게 이길 수 없는 상대라는 점에서 오히려 호적수라는 생각이 들어 승부욕이 불타올랐다. 형과 함께 있는 시간에는 가슴이 오븐 속 빵처럼 부풀어서 흥분을 감출 수 없었다. 아무런 걱정도,

144

다른 생각도 들지 않았다. 형은 나와 딱 맞고 재미있는 사람, 같이 있으면 마음이 든든한 사람이었다.

연달아 플레이를 이어 가려던 찰나 형이 자리에서 일어나더니 책상에 놓인 검은 통 하나를 주었다.

"뭐예요?"

"나랑 친구 해 줘서 고맙다는 선물."

안에 들어 있는 건 다름 아닌 안경이었다. 심지어 내가 원래 착용했던 것과 매우 유사한 제품이었다.

"추억은 못 사 주지만 흉내는 낼 수 있어."

"추억이요?"

"나는 네 마음 다 안다는 뜻이야."

형답지 않게 조금 힘이 빠진 목소리였다. 안경을 내 얼굴 위에 씌우고는 머리칼을 쓰다듬어 주는 손길이 예전보다 훨씬 더 부드러웠다. 그것이 내 마음에 오묘한 불안을 일으켰다.

"형. 갑자기 왜 그래요?"

"난 곧 이사 가. 멀리."

겨우 마음이 통하는 사람을 만나 기뻤는데 떠난다니. 그럼 나는 다시 혼자가 되잖아! 기껏 만든 친구를 잃게 된단 사실이 내게는 충격이었는데, 형은 태연해 보였다. 어른들은 하나같이 자기 마음대로만 굴고 내게 제대로 설명하지 않았다. 늘 통보 당하는 신세였다. 그것이 나를 억울하게 만들었다.

나는 형이 한순간에 싫어졌다. 그동안 나를 장난감 취급한 것 같았기에.

"표정이 왜 또 안 좋아졌어?"

"어차피 이사 갈 거면 왜 친한 척했어요? 됐어요. 이사 가든지 말든지요. 전 그럼 집에 갈래요!"

"형태야."

앞으로 아무랑도 친구 안 하고 살아야지. 죽을 때까지 혼자서만 지내야지. 친구도, 가족도, 낯선 형도, 그 누구에게도 정붙이지 말아야지. 분통함은 자주 찾아오는 손님이 아니어서 잘 다스리기 어려웠다. 왜 내가 이 형과의 작별에 서운함을 느끼는지 스스로 용납이 안 됐다. 소화하기 어려운 마음을 꾹꾹 씹던 나는 형이 꼴도 보기 싫어져서 자리를 박차고 일어났다. 형이 등 뒤에서 불렀지만, 대답하지 않은 채 현관으로 가 신발에 발을 마구 구겨 넣었다. 게임 같은 거, 더 하지 않아도 상관없고, 이 관계에 전혀 아쉬울 게 없는 사람처럼 보이고 싶었다.

내 등이나 보라지.

"나랑 같이 게임해 줘서 고마워."

형의 목소리가 조금은 슬프게 들렸다. "야, 한 판만 더

하고 가라." 그냥 그렇게 말했다면 싫다고 성질이라도 부렸을 텐데 나보다 더 힘이 빠져 있는 상대에게 떼를 쓰는 일은 쉽지 않았다.

그러고 보면, 형은 내가 어떤 중학교에 다니고, 친구가 누구인지 다 아는데 나는 형에 대해 아는 것이 없었다. 당근마켓에서 만난 희귀 게임팩 판매자라는 사실뿐. 더군다나 이 안경은……. 어떻게 알고 준 것일까?

이질감이 느껴져서 뒤를 돌아봤다. 형은 손만 뻗으면 닿을 거리에 있었다.

"형 뭐 하는 사람인데요."

"나는 네 마음의 형태를 보는 사람."

"예?"

형이 내게 천천히 다가오더니 어깨 위에 손을 올렸다. 키 차이가 커서 자연히 올려다보게 되었다. 내 세상에 없었던 사람의, 내 세상에 없었던 얼굴. 그렇다면 나도 이 형에게 낯선 사람일 텐데 어째서 형은 나를 붙잡거나 처연한 표정을 짓는 일에 망설임이 없는 걸까.

형의 웃음은 베어 먹힌 자신의 한 조각을 그리워하는 쿠키 같았다. 그 얼굴을 찬찬히 뜯어보는 일은 달고도 아팠다.

"형태야. 말하지 않으면 아무것도 몰라. 내가 누군지,

네가 누군지. 우리 마음이 어떤 모양을 가졌는지. 그러니까 용기를 내."

"무슨 뜻인데요……."

"너는 친구랑도, 가족이랑도, 얼마든지 잘 지낼 수 있다는 뜻이야. 형은 형태를 믿어."

그리고 형은 내 등 뒤로 현관문을 열더니 어깨를 확 밀어 버렸다. 나는 스스로 신발을 신고 뛰쳐나오려고 했던 것과 달리 쫓겨난 사람처럼 형의 집에서 뱉어졌다.

어느덧 자정에 가까운 시각이었다.

믿는다는 건 무슨 의미일까?

1 더하기 2는 3이다. 누군가가 나에게 1 더하기 2는 3이라고 말하면 고개를 끄덕일 것이고, 정답이라고 믿기도 할 것이다. 이때의 믿음은 사실 그 자체를 이해하는 일에 가깝겠지. 만약 그 사람이 52 곱하기 75가 3,900이라고 말한다면, 계산기를 두드린 결과로 3,900이 도출된다면, 그 사람이 원주율의 소수점 10번째 숫자가 5라고 말한다면. 나는 이후에 그 사람이 말하는 다른 어떤 것들도 전부 다 믿어 볼 것 같다. 여태껏 한 말이 모두 정답이었으니까. 이때의 믿음은 신뢰에 가깝겠지. 이전의 것이 다 옳았으니, 앞으로도 옳을 것이라는.

그럼 사람을 믿는다는 건 무엇일까? 사람의 마음은 진실과 거짓으로 깔끔하게 나눠지지 않는데.

친구들과 잘 지내지 못하여 겉돌던 나를 지호가 챙겨 줬던 건, 사실이나 거짓의 영역으로 판단할 수 없었다. 그건 그냥 지호의 호의였다. 또한 지호가 이전에 보여 줬던 행동들도 정답과 오답의 관점으로 해석할 수 없었다. 그렇다면 숫자를 대할 때처럼 신뢰나 이해라는 말을 쓰기가 애매한 셈이다.

도대체 사람은 무엇으로 믿어야 하는 것이지?

나는 늘 그랬다. 친구들을 믿지 못했다. 친구들은 나보다 멍청하여 시험 문제를 많이 틀렸고 당연히 성적도 나빴다. 친구들은 오답을 주로 선택했으니까 그들의 말을 듣는 건 무용했다. 걔들은 삼삼오오 모여 쓸모없는 이야기나 해 대고, 시간을 마구 낭비했다. 그 연속적인 바보짓은 정답이 아니었다. 그러므로 나는 친구 녀석들을 신뢰할 필요가 없다고 판단했다.

그래서 나는 혼자가 편했다.

하지만 형은 나를 믿겠다고 했다. 왜지? 형이 나에 대해서 뭘 안다고. 같이 게임이나 했을 뿐인데. 형은 나보다 더 똑똑하고, 더 오래 살았을 텐데……. 그날 이후에도 나는 형의 집을 종종 찾아갔지만, 문은 열리지 않았다.

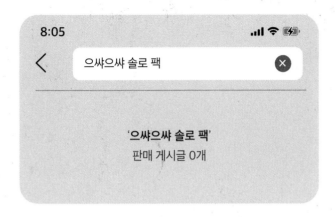

8:05

으쌰으쌰 솔로 팩

'으쌰으쌰 솔로 팩'
판매 게시글 0개

당근마켓에서 솔로 팩을 판매하는 사람은 단 한 명도
없었다. 형이 이전에 올렸던 게시글도 더 이상 보이지 않
았다.

형과 만나지 못하는 며칠 동안 집은 무서울 만큼 조용
했다. 우리 집은 엄마 아빠가 만든 고요함으로 채워졌다.
나는 학교에서 고요함이 무엇인지 배우지 않았다. 그래서
어떻게 해석해야 하는지 알 수 없었다. 나는 오래전부터
고요를 싫어했다.

만약 내가 형의 말처럼 마음을 열고 조금씩 바뀌기를 선
택한다면 세상이 내게 말을 걸어 줄까? 두꺼운 침묵의 벽
을 이루는 벽돌을 하나씩 허물 수 있을까? 이 질문에 돌아
올 대답에 확신이 없었다. 하지만 그날 봤던 형의 시린 표
정을 떠올리노라면, 그 얼굴에 미소가 떠오르기를 바라서

라도 순순히 믿어 보고 싶어진다. 형의 말이 정답이라고.

왜일까.

'우리는 이제 형태, 너를 믿고 살 수밖에 없어······.'

왜기는.

수년 전, 엄마 아빠에게서도 들었던 말이니까 그렇겠지.
나를 믿겠다고 가장 처음 말해 준 건 부모님이었고 나는
아주 오랜 시간 그들의 믿음에 부응하고 싶었다. 더 열심
히 공부했고, 더 잘난 아들이 되려 했고, 다른 어떤 아이
로도 대체되지 않는 사람이 되고 싶었다. 나는 나로서 믿
음을 얻고 싶었다.

믿음이란 건 내게 그런 것이었다. 어렵고, 괴롭지만, 손
에 꼭 쥐고 배신하고 싶지 않아지는 말. 우리가 아픈 사람
임을 자꾸만 상기시키고, 또 극복시키려 하는 말.

*

어떤 회상은 오래달리기와 같았다.

태풍이 불었던 과거의 어느 날. 세상은 평소보다 어두웠
고, 사방이 바닷속처럼 축축했다. 여기저기서 사람들이 미

끄러졌다. 사람이 아닌 것도 미끄러졌다.

"난 해파리냉채 좋아해. 미끈거리는 게 재미있어."

해파리를 좋아하면 해파리가 될 수 있나요. 누군가는 그 날 매끈매끈한 해양 생물처럼 삶의 경계를 미끄러져 떠나 갔다. 쾅 소리가 나고 커다란 트럭에 부딪는 사람의 모습. 그 모습을 떠올리는 일은 어려웠다. 하나였던 사람이 분 리되는 순간이었으니.

엄마는 방 한 칸을 정리했다. 뜻밖의 창고 방이 생겼지 만 단출했던 우리 가족은 창고 하나를 채울 만한 물건을 갖고 살지 않았다. 마트에서 산 24롤 휴지 묶음, 명절날 받은 샴푸 세트, 휴대폰을 바꾸고 받아 온 라면 한 상자. 아무리 물건을 쌓아도 사람 한 명이 살다 사라진 공간은 채워지질 않았다.

나는 내 것이 아니었던 게임기를 챙겨 엄마 몰래 창고 방을 찾았다. 보일러를 차단해 놓아서 그 방은 사계절 내 내 추웠고, 바닥에 배를 대고 누우면 꼭 야외에 누운 것 같았다.

둘이 했던 게임을 혼자 하는 건 난감한 일이었다. 혼자 오른쪽 키를 잡고 공격하고, 왼쪽 키를 다시 잡고 방어했 다. 두 캐릭터 중 하나가 이기면 반대쪽은 졌다. 그러니 혼자인 나는 이겨도 이기지 못했다.

그럴 때면 오래전에 나눴던 어떤 대화를 복기했다. 선선한 바닥을 배로 느끼며.

"자꾸 지니까 노잼이야."

"네가 잘해야지. 왜 나한테 그래?"

"엄마한테 이를 거야. 혼자서만 이긴다고."

"백날 일러 봐라. 내가 잘하는 게 내 잘못이 되나."

"하기 싫어. 나 안 할래."

"여얼심히 하면 이길 수 있을 거라는 믿음을 딱 가져 봐. 짜샤."

"짜증 나!"

오른쪽 키를 잡고 공격하고. 왼쪽 키를 잡고 방어하고. 대화가 가물가물해질 때까지 혼자 공격하고. 또 방어하고. 콤보 키를 외우고. 필살기를 능수능란하게 다룰 때까지 버튼을 누르고. 방향키를 조절하고. 가끔 울고.

엄마는 내가 창고 방에서 게임을 하는 걸 싫어했다.

"형태야. 거기서 놀지 말라고 했잖아."

"그냥 찬 바닥에 눕는 게 좋아서요."

"적어도 내가 집에 있을 때에는 그 방 불, 켜지 마."

"……."

"이유를 설명하지 않아도 이제 다 알잖아."

엄마는 부엌에서 김치전을 부치며 내게 부탁했다. 나는

게임기를 들고 풀이 죽은 채 탁자에 앉아서 엄마의 뒷모습을 바라보았다.

태풍이 불어닥친 날 이후로 엄마에겐 무서운 것이 많아졌다. 김치전 반죽을 국자로 퍼 프라이팬에 붓다가도 손으로 이마를 문지르며 한참을 망설였다. 기름이 자작하게 둘러져 가장자리가 잘 익어 가는 김치전에선 새콤한 냄새가 났다. 나보다 게임을 잘했던 사람이 좋아했던 음식이었다. 그래서 엄마의 손은 자꾸만 떨렸다.

좋아했던 것이 상처가 될 수 있다는 걸 나는 김치전 한 장으로 알았다.

"내가 도와줄까요?"

"괜찮아."

"전 뒤집는 거 할 수 있을 것 같은데."

"넌 어려서 안 돼."

머쓱해진 나는 젓가락만 만지작거렸다. 잘 익은 김치전 한 판을 흰 접시에 덜어 준 엄마는 먹지도 않고 방으로 들어갔다. 노릇노릇하게 구워진 전에선 짭조름한 향이 났다. 나는 늘 먹던 대로 가장자리부터 찢어서 입안에 넣었다. 바삭바삭했다. 방에서 들어오는 엄마의 눅눅한 울음과는 다른 맛이었다. 하지만 그날의 나는 혀에 닿는 맛보다 귀에 닿는 맛이 더욱 생생히 느껴져 전 하나를 다 먹지 못했다.

지금 집으로 이사를 결정하면서 아빠는 나를 데리고 자주 외출했다. 평소에는 온 가족이 움직였는데, 그 무렵엔 단둘이서 대공원에 가고, 고깃집에 가고, 서점에도 갔다. 아빠와 놀러 갈 땐 게임 생각이 나지 않았다.

"형태야. 새집은 훨씬 더 큰 집이야."

"방이 몇 개예요?"

"방은 지금처럼 세 개. 안방 하나, 형태 방 하나, 서재 하나."

"그냥 두 칸짜리에서 살지."

아빠는 엄마보다 과묵한 사람이었지만 함께 있을 때는 달랐다. 내게 한 마디라도 더 걸어 주려 노력했다. 나는 그 대화보다, 아빠가 나를 위해 노력한다는 사실이 좋았다. 그래서 더 많이 말을 걸고 싶었지만 또 한편으로는 아빠가 편안했으면 좋겠다는 바람이 있었다.

엄마도, 아빠도 억지로 노력하지 않았으면 좋겠는데. 어른에게 그건 쉽지 않아 보였다. 내가 반드시 기억해야만 하는 사람을 잊고 살기 위해 애를 쓰는 것처럼.

"아빠."

"응."

"이제 우리는 예전처럼 살 수 없어요?"

아빠는 나를 내려다보며 걸음을 멈추었다.

"극복할 수 있다고 믿자."

그것이 끝이었다. 그래서 어떻게 극복을 할 수 있는지, 극복이 구체적으로 무엇인지, 왜 극복을 해야 하는지. 충분히 설명하지 않았다. 그건 마치 출제 범위가 존재하지 않는 시험처럼 막막하게 느껴졌다. 믿는다는 건 그토록 모호한 일인데, 모두가 입을 모아 내게 말했다. 친척도, 이웃도, 친구도. 다시 웃을 수 있음을 믿으라고 말이다. 그런 날에는 혼자 침대에 누워 이유도 모른 채 울곤 했다.

"여얼심히 하면 이길 수 있을 거라는 믿음을 딱 가져 봐. 짜샤."

내가 그 사람에게서 배운 믿음이란 게임에서 언젠가는 이길 거라는 막연한 기대감이었다. 계속 연습하고, 대전하다 보면 언젠가는 이길 거라는 생각. 기약이 없고 증명이 불가한 일. 자신 없는 승리를 바라며 살아가는 일이 믿음일까. 나는 답을 듣지 못할 걸 알면서도 하늘을 향해 자주 물었다. 해파리냉채를 좋아하고, 김치전을 좋아하고, 김치볶음밥을 좋아했던 사람은 답을 주지 않았다.

사라진 상대를 게임으로 이기는 건 불가능했다. 그렇다면 나는 그 사람이 가졌던, 이뤘던, 해냈던 다른 걸 전부이겨 보고 싶었다. 공부를 더 잘하기를. 키가 더 커지기를. 영어 단어를 더 많이 외우기를. 그 사람이 했던 일을 따라서 내가 조금이라도 더 잘해 보려 노력했다. 그건 제

법 재미가 있었다. 혼자 걷고 있는 게 아니라 따라잡아야 할 누군가가 목적지에서 기다리는 느낌이 들었다.

최종 목적지에 다다르면 이제는 나 하나만 바라보고 살 수밖에 없다는 엄마 아빠의 말도 이뤄 줄 수 있지 않을까. 막연한 기대감. 그 마음을 갖고 사는 나는 다른 친구들보다 조금 더 어른에 가까운 사람이 되어 가는 것 같았다. 엄마 아빠처럼 덜 웃고, 덜 떠들며 사는 일이 나를 친구들과 구분 짓게 만들었다.

나는 그런 내가 좋기도 하고 싫기도 했다. 아니다, 솔직히 말하자면……. 좋지 않았다.

그래도 초등학교 졸업 날은 행복했다. 그날에 엄마는 오랜만에 웃어 줬고, 내 손도 먼저 잡아 줬다. 나를 대단히 아껴 주는 사람처럼.

"어떤 걸로 할래?"

"검은색으로요!"

"형태야. 항상 공부 열심히 해 줘서 고맙다. 의젓하게 자라 줘서 고맙고."

"뭐 이 정도는 껌이죠! 난 더 잘할 수 있어요!"

보상받는 느낌이었다. 내가 했던 노력들이 빛을 발한 순간. 엄마 아빠가 오로지 나만을 위해 보여 줬던 그 미소는, 졸업식 날 받은 향기로운 꽃다발보다 훨씬 더 소중했다.

엄마 아빠에게 나도 의미 있는 아들일 거라는 막연한 기대감은 그날 딱 한 번 충족됐다. 그 이후로 엄마 아빠는 다시 예전의 상태로 되돌아갔다. 내가 봤던 웃음은 분명 진짜였는데, 가끔은 내가 꿈을 꿨나 싶었다. 나는 나보다 게임을 잘했던 누군가를 원망하며 동시에 이곳으로 돌아와 달라 애원하며 많은 밤을 보냈다. 그러다가 속상해지는 마음은 친구들에게 분풀이를 하며 해소했다. 이렇게 버티다 보면 언젠가 만나야 할 사람을 다시 만날 수 있을 거라고 생각했다. 새끼손가락을 걸어 줄 상대가 없어도 새끼손가락에 꼿꼿이 힘을 주고 잠들면 불안이 조금은 사그라들었다. 그 긴긴밤 동안 나는 보이지 않는 누군가가 내 곁에 남아 베개를 함께 베고 눕는 상상을 했다.

'괜찮아질 거야. 다 좋아질 거야.'

정말로 많은 밤이었다. 눈을 감을 때마다 살아 있었다면 이제는 어른이 됐을 사람이 어둠 속에서 나타나 나를 달랬다.

"맞아, 다 괜찮아질 거야. 형은 언제나 형태를 믿어."

어떤 회상은 오래달리기와 같았다. 숨이 막히고, 힘이 드는데도 내 마음대로 멈출 수가 없다. 목적지에 도달하기 전까지는.

*

　며칠 뒤 용기를 내어 지호에게 다가갔다. 지호는 아직
화가 풀리지 않았는지 말을 걸어도 냉랭히 반응했다. 속
좁은 자식, 욕이나 뱉고 뒤돌아서고 싶었으나 자존심을
꺾었다.

　"그날 화내서 미안."

　지호가 나를 힐끔 보더니 못 들은 척을 했다. 사과를 무
시당하고 그대로 자리를 뜨는 게 쪽팔려서, 한 번 더 같은
말로 사과했다. 그제야 지호는 입을 댓 발 내밀고는 나와
시선을 맞췄다.

　"안경 새로 샀냐?"

　"아는 형이 줬어."

　지호가 가방을 부스럭거리더니 쑥스러운 얼굴로 안경집
하나를 내밀었다.

　"사실 나도 주려고 했는데……."

　지호는 싸운 날 부모님에게 자초지종을 설명한 뒤 용돈
을 받아 비슷한 모양의 안경을 샀다고 털어 놨다. 하지만
혼자 지내도 아무렇지 않아 보이는 나를 보니 심술이 나
고 서운하기도 해서 선뜻 다가오질 못했다고.

　혼자가 된 나를 보며 지호가 내심 통쾌해할 줄 알고 더

아무렇지 않은 척을 했던 건데, 지호가 가방 안에 내게 줄 안경집을 넣은 채로 며칠을 보냈다는 건 전혀 몰랐다. 지호도 내심 사과하고 싶어 했구나. 나를 계속 싫어할 줄만 알았는데 의외였다.

"형태 네가 지난번에 알려 줬잖아. 엄마한테서 몇 년 만에 받은 선물이라 아끼는 안경이라고……. 알면서도 망가뜨린 게 마음에 걸렸어."

지호는 모르지 않았다. 오랜 시간 내게 관심을 주지 않았던 부모님이 초등학교 졸업이라는 기념일을 빌려 참으로 오랜만에 내게 준 선물이 그 안경이라는 사실을. 20만 원짜리여서가 아니라. 멋진 안경테여서도 아니라. 부모님이 여전히 나를 사랑하고, 그 사랑을 믿어도 된다는 증빙이기에 소중했던 안경. 나는 지호가 그 의미를 잊지 않았다는 사실이 고마웠다. 그제야 지호에게 화를 냈던 행동들을 진심으로 반성하게 됐고, 그 반성이야말로 제대로 된 사과의 시작이었다.

"지호야. 여태껏 무시해서 미안해. 나한테 맞춰 주려고 관심 없는 게임 계속해 준 건데."

"내가 게임을 못하는 건 맞으니까 뭐……."

"아냐. 넌 대신에 배그는 나보다 잘하잖아."

"그건 맞지."

지호는 머쓱했는지 괜히 어깨를 털며 앞으로는 자신이 잘하는 게임도 하자고 장난조로 받아쳤다. 나는 소심히 고개를 끄덕이곤 지호를 위한 배려를 약속했다.

그날 우리는 오랜만에 함께 하교했다. 같은 아파트 단지에 살기에 집으로 가는 내내 데면데면했던 시간 동안 하지 못했던 이야기를 많이 나눴다. 싸우는 일이 쉬웠던 만큼 화해를 하는 일도 쉬웠다.

"그런데 안경 사 준 형은 누구야?"

"당근마켓에서 만난 게임 친구야. 나랑 잘 맞았는데."

"그 형 몇 살인데?"

"음. 올해엔 스무 살이려나."

"완전 어른이잖아? 어떻게 어른이랑 친구가 된 건데?"

"될 수 있어. 서로 믿어 주고 받아들이면."

지호가 철든 말을 하는 나를 향해, 고개를 끄덕이면서도 자신은 잘 모르겠다는 눈치를 보냈다.

"그러면 나도 그 형이랑 같이 게임할래!"

"그건 안 될걸. 지호야 너 혹시 들어 봤냐?"

나는 시선을 돌려 형의 집이 있던 장소를 바라보았다. 재개발로 인해 사람들이 떠나고 방치된 주택들. 과거에 나와 부모님이 살았던 어떤 작은 가정. 6년 전, 저녁밥을 먹기 위해 귀가하던 형이 교통사고로 죽고 난 후 상실이라는 수렁이 된 공간. 그래서 어른들이 버려 버린 아픈 추억들. 이름표를 잃은 그리움이라는 감정.

다 끌어안고 살기엔 버거운 우리의 마음들.

"유령들도 당근마켓을 한다는 거."

"으엑! 뻥치지 마."

"진짠데."

지호의 어깨를 장난스레 툭 치고는 음흉하게 눈썹을 씰룩거렸다. 지호는 겁먹은 표정을 지으면서도, 혼자만 좋은 형을 알고 있느냐 서운함을 토로했다. 나는 왠지 모르게 속이 후련해져 입을 벌리고 웃어 버렸다. 입천장을 간질이는 바람이 느껴졌다.

어쩌면 나는 처음부터 전부 알고 있었는지도 모른다. 사실 누구든 믿으며 살아가고 싶으니까. 내 앞에 불쑥 나타나도 귀신이라 겁먹지 않고 나를 위해 드디어 와 줬다고 생각하면서 말이다. 여전히 다 이해하진 못할, 그래서 이해하고 싶어지는 무형의 흔적을 어루만지면서. 예를 들자면 그리움이나 사랑 같은 마음들을.

나를 향한 사람들의 모든 마음과, 사람들을 향한 나의 모든 마음을 깨우치는 순간을 삶의 목적지로 삼으며.

작가의 말

중학생이었을 때 나는, 적어도 나에 대해 모르는 것이 없다고 생각했다. 치킨 좋아하고, 피자 좋아하고, 친구 집에서 놀기를 좋아하는 사람. 나를 어려워한 적이 없었다. 하지만 친구들과 싸우거나 집에서 나쁜 일을 겪을 때의 나는 낯선 사람이 됐다.

미안해도 미안하다고 말하지 못하는 나. 고마워도 고맙다고 말하지 못하는 나. 왜 감정을 솔직하게 얘기하지 못하는지 혼란스러웠다. 나에 대해 모든 걸 다 안다고 생각했지만, 사실은 모르는 것투성이였다.

친구들에겐 복잡하고 멋있는 사람으로 보이고 싶었지만, 사실 단순한 걸 더 좋아했다. 문제를 막힘없이 술술 풀면서도 친구들 몰래 연습했던 밤들은 안 들키고 싶었다.

누군가를 미워하는 나. 원망하는 나. 부끄러운 나. 미숙한 나. 그런 초라한 '나'들을 모른 척하고 살았기에, 나의 10대 시절 자화상은 온통 모르는 모습으로 가득했다.

하지만 어른이 되어서 알게 됐다. 원래 마음이 그렇다는 걸. 남의 것도 알 수 없지만 내 것도 알 수가 없는 게 마음이었다. 마음에는 형태가 없어서 붙잡고 혼쭐을 낼 수도 없었다. 그러니까 굳이 나의 마음을 일일이 다 알아야 할 필요가 없었다. 모호하고 어려운 그대로 놔둬도 괜찮다는 걸 알게 됐다.

혹시라도 이 글을 읽는 당신이, 그런 혼란스러운 마음들을 지나고 있다면, 위로해 주고 싶다. 당신이 동경하는 친구나 어른들도 다 당신과 비슷한 마음가짐으로 살고 있다. 누구도 못나지 않았고, 모자라지도 않으니 걱정하지 말 것. 다만 보이지 않는 그 마음의 형태를 한 번이라도 더 보듬기 위해 부단히 쓰다듬자.

개의 시간

강경수

강경수

어릴 적부터 이야기 만드는 걸 좋아했다. 만화를 그리다 그림책 『거짓말 같은 이야기』
로 2011년 볼로냐 라가치상 우수상을 받았다. 그림책 『나의 엄마』 『꽃을 선물하게』 『눈
보라』, 그래픽 노블 '코드네임' 시리즈, 청소년 소설 『오늘 밤은 스윕이 넘칠 거야』 등을
냈으며, 지금은 장편 동화와 청소년 소설, 그래픽 노블을 쓰고 그리고 있다.

0

무심한 두 쌍의 눈. 생기를 잃은 공동이 코를 사이에 두고 자리 잡고 있다. 탁한 그 눈은 당연한 것처럼 그 자리에 있는 눈썹이나 코, 입과 달리 그곳에 있는 게 어울리지 않았다. 기이하게 빛나는 흰자위에 먹물처럼 떨어진 눈동자. 마치 무엇인가에 홀린 듯한 눈에는 초점이 없었다. 두 명의 소년은 기묘한 눈빛으로 무언가에 열중했다. 어딘가 현실감이 떨어지는 모습이었다.

재개발 구역으로 지정된 지 오래인 도시의 골목길. 인적도 없고, 있다고 해도 서로를 신경 쓰지 않는 삭막한 공간

속. 페인트가 벗겨진 콘크리트 벽마저 조금씩 무너져 내리는 좁은 골목길. 그 위에 두 소년은 바닥에 쪼그려 앉아 기이한 눈으로 무언가를 쫓고 있었다.

해가 서서히 지는 시각. 박새 몇 마리가 담장에 얽힌 철삿줄에 날아와 앉았다. 박새도 소년들이 무엇을 하는지 궁금한지 고개를 갸웃거리다가 짧은 울음 몇 마디를 남긴 후, 흥미를 잃고 날아갔다. 여섯 개의 다리와 머리, 가슴, 배로 이루어진 개미가 바닥을 기었다. 그것도 한 마리가 아닌 수백, 수천의 개미가 새벽녘 미처 끄지 못한 티브이 속 노이즈처럼 일렁였다.

두 소년의 눈을 사로잡은 것은 이 거대한 개미들의 물결이었다. 그들은 하염없이 개미들의 움직임을 관찰했다. 무분별하게 움직이는 것처럼 보이지만 개미들은 서로서로 더듬이를 만지며 관찰하고 화학적 신호를 내뿜어 의사소통하고 명령 체계를 이어 나갔다. 개미를 쳐다보던 두 소년은 그들의 움직임을 통제하는 어떤 패턴이 있다고 믿었다.

개미굴에서 멀지 않은 곳에서 몇십 마리의 일개미들이 어디서 다 말라비틀어진 나방 한 마리를 들고 당당하게 행진해 왔다. 여왕에게 바칠 양식을 운반한다는 긍지에 개미들의 가슴과 어깨에 힘이 잔뜩 들어간 것 같았다. 선두의 개미들은 이 사실을 앞쪽에 있는 다른 개미들에게 알렸고, 그 사실을 전해 들은 개미들은 서둘러 동료를 도우려고 달려 나왔다.

개미들의 명령 체계는 정확하고 두 소년이 이해할 수 없을 만큼 정교했다. 일사불란하게 움직이는 개미들은 아름다운 파문을 그리면서 모이고 흩어지며 합심해 나방의 사체를 옮겼다.

한참 동안 그들의 경이로운 움직임을 관찰하던 두 소년은 이내 정신을 차렸다. 그들은 개미에게 다른 볼일이 있었다. 아마 개미가 아니라 지렁이나 달팽이였더라도 상관없었을 것이다. 이 낡아 가는 재개발 지구에 벌레들은 널리고 널렸다. 다만 개미는 지렁이나 달팽이보다 두 소년에게 더 신비롭게 다가왔다.

어떻게 저 많은 개미가 명령 체계를 완성하고 사용할까? 개미 사회에는 덜떨어진, 낙오된 개미는 없을까? 아니면 반사회적 인격 장애가 있는 개미는 없는 걸까? 두 소년은 9시 뉴스에서 들은 단어를 떠올렸다. 무슨 의미인지는 크게 상관없었고 단어의 의미로 짐작건대 그냥 문제 많은 인간을 가리키는 것으로 받아들였다. 무리에서 도태되고 사회화되지 못한 채 다수에게 해가 되는 존재.

지렁이나 달팽이가 저렇게 많이 몰려다닐 일이 없다. 그건 적잖이 징그러운 장면이다. 하지만 개미는 달랐다. 개미는 놀라웠다. 집단 사회를 이루고 체제에 적응하고 모두가 수많은 생명체가 한몸처럼 하나의 목표를 위해 움직였다. 두 소년은 그 모습에 매료되었다.

쪼그려 앉아 있던 두 소년 중에 외국 축구팀 이름이 적힌 반바지를 입은 소년이 안경 낀 소년의 어깨를 두드렸다. 그제야 정신이 돌아온 안경 소년은 제 옆에 놓인 알루미늄 스프레이 캔을 집어 들었다. 그리고 운동복을 입은 소년을 쳐다보고 고개를 끄덕였다. 잠시 후 안경 소년은 캔을 오른손에 쥐고 위아래로 몇 번 흔들었다. 알루미늄 캔 속에 들어 있는 쇠구슬이 딸각, 딸각 소리를 내며 굴러다녔다.

준비가 끝난 안경 소년은 넘실대는 개미의 바다를 향해 알루미늄 캔을 가져갔다. 그리고 캔 위에 달린 플라스틱 캡을 눌러 개미들을 향해 액체를 분사했다.

"치이이익." 휘발유 냄새를 풍기며 기포가 터지자 외계인에게 침공당해 속수무책으로 죽어 나가는 인간처럼 개미들도 죽었다. 그것은 순식간에 벌어진 일이라 개미들에게는 자신의 운명에 대해 의문을 가질 시간조차 허락되지 않았다. 하나의 의식으로 연결된 수천 마리의 개미들은 그렇게 쉽게 지구상에서 사라져 버렸다. 두 소년은 그 모습을 또다시 멍한 눈으로 지켜봤다.

1

솔이는 동네 편의점 파라솔에 앉아 있었다. 손때 묻은 안경을 벗어 윗옷에다가 몇 번 문지르고 다시 썼다. 기름기가 제거된 안경은 솔이의 시야를 조금 더 선명하게 만들었다.

오후 두 시 37분. 좋은 날씨다. 구름 한 점 없이 파란 하늘이 펼쳐져 있다. 안경을 닦고 난 뒤 보는 깨끗한 하늘이라 그런지 솔이는 끝없이 펼쳐진 파란 하늘이 바다 같다고 생각했다. 그것은 솔이의 기분을 불편하게 만들었다. 무한대로 펼쳐진 것은 희망이 아니라 절망의 감정으로 다가왔다.

편의점 파라솔 테이블 위에는 이제 곧 도착할 지훈이의 캔 음료가 놓여 있었다. 약속 시간에 늦는 지훈이의 오렌지주스가 미지근해질까 걱정스러운 마음이 들었다. 솔이는 지훈이를 기다리며 앉은 자리에서 다리를 저었다. 물장구를 치듯이 위아래로 다리를 교차시켰다. 그러다가 지나가는 사람이 없는지 살피고 다시 같은 행동을 반복했다. 무료한 시간을 달래기 위한 것이기도 했지만 한편으로 수영에 도움이 될까 해서였다.

솔이는 점점 더 빠르게 다리를 저었다. 이렇게 다리를

쉴 새 없이 저었다가는 레인의 반도 못 가서 지칠 것 같았다. 하지만 솔이는 진지하고 힘차게 그 일을 계속했다. 새로 무언가를 배울 때면 솔이는 항상 남들보다 뒤처졌다. 타고난 운동 신경이 둔한 탓에 뒤처지는 자신에게 불만이 있었고, 성실함으로 차이를 극복하려 했다. 평균에 미달하는 것은 정말 맥 빠지는 일이었다. 앞으로 남은 인생에서도 자신의 포지션이 열등반이라고 상상하면 서글펐다. 수영도 마찬가지다.

학교에서 재난 교육의 일환으로 올여름 전교생을 대상으로 수영 교육을 실시했다. 그리하여 수영 수업 날, 야외 수영장은 우유에 둥둥 떠다니는 시리얼 같은 아이들로 넘쳐 났다. 솔이는 킥 판을 잡고 수영장을 돌 때면 중간에 힘이 빠져 해파리처럼 걸어 다녔다. 준비 운동을 할 때만 해도 넘쳐 났던 자신감은 물에 젖은 솜사탕처럼 녹아 없어졌다. 물살은 앞으로 나가려는 솔이를 안간힘을 다해 막았다. 물의 장력을 이기려고 온 힘을 다했지만, 늘 패배는 정해져 있었다.

"다리를 저어. 무릎을 구부리지 말고 곧게 펴고 힘차게 저으라고."

체육 선생님의 호통이 솔이의 귓전을 때렸다.

'하고 있어요. 그것도 아주 열심히.'

솔이는 두 다리를 사정없이 흔들었다. 더운 여름날 솔이 앞에 놓인 지훈이의 오렌지주스 캔에 물방울이 맺혀 흘렀다. 솔이의 이마에서도 땀이 흘러내렸다. 벌써 넉 달째 수영을 하고 있지만, 배영 발차기는 여전히 어려웠다. 뒤에서 쫓아오던 다른 아이 머리에 발차기를 날려 민망했던 적도 있다. 그러면 솔이는 어느새 레인 옆으로 밀려나 아이들 제일 뒤에 자리하게 된다. 선생님도 솔이에게 호통을 쳤다. 남들 다 하는 것. 어렵지 않은 것. 하면 되는 것을 못 해내서 솔이는 혼이 났다. 그럴 때면 아이들의 무수한 눈동자가 조소를 머금은 채 솔이를 쳐다봤다.

그런 아이들의 시선은 솔이에게 또 다른 스트레스로 다가왔다. 그럴 수만 있다면 수영 따윈 배우고 싶지 않았다. 물에 빠져 조난자가 된다면 그대로 물에 잠기고 싶었다. 물론 바다나 강에 갈 생각도 없으니 상관없지 않을까? 솔이는 수영 시간이 되면, 특히 배영을 배우는 날이면 수업이 시작되기 전부터 배 속이 따끔거렸다.

낙오자가 되지 않기 위해 솔이는 다리를 움직였다. 평범한 것을 해내지 못해 주목받는 일이 두려웠다. 아무도 자신을 주목하지 않는 곳에서 천천히 익혀 나가야 했다. 인적 없는 편의점 같은 곳. 남들과 다르지 않음을 증명하고, 뽐내는 것까지는 안 되더라도 그들 속에 조용히 파묻히고 싶었다. 아주 평범하게라도. 좋은 의미든 나쁜 의미든 눈에 띈다는 건 피곤한 일이라고 생각했다.

그렇게 정신없이 다리를 젓고 있을 때 그림자 하나가 솔이를 스쳐 지나갔다. 솔이는 고개를 들지 않으려, 그 그림자를 무시하려 다리를 더욱 열심히 저었다. 수영장에서 뿜어져 나오던 시선들을 무시하려고 애썼던 것처럼 제 앞을 지나치는 그림자 역시 무시하려 애썼다. 그림자는 솔이 앞에 잠시 멈추더니 그 행위의 적합성을 가늠하는 듯했다. 솔이의 행동은 적어도 위법이 아니었다. 그러나 열다섯이나 먹고 모르는 사람 앞에서 할 짓이 아니란 생각이 들어 다리 흔들기를 멈췄다.

잠시 후 흥미를 잃은 그림자는 솔이를 지나 사라졌다. 그림자는 앞을 지나치며 한 가닥 갈색 털을 솔이의 반바지에 떨구고 사라졌다. 솔이는 고개를 들지 않았다. 그림자가 완전히 떠나간 후, 솔이는 자기 허벅지에 떨어진 갈색 털을 바라봤다.

누군가의 흔적이 자신에게 달라붙는다는 건 그리 유쾌한 일은 아니다. 그것은 중학생인 솔이에게도 마찬가지였다. 솔이는 떨어진 털을 손가락으로 살포시 집었다. 요즘

이런 일을 자주 겪는다. 머리카락은 아닌 다른 종류의 털을 자주 봤고 익숙해질 참이었다. 솔이는 불길한 징조, 혹은 미심쩍은 소문 같은 이 갈색 털들을 경계했다. 집어 든 털을 햇빛에 비추었다. 윤기가 흐르는 털을 자세히 보니 그것이 본래 가지고 있던 색깔이 드러났다. 처음에는 빛에 반사되어 연한 갈색으로 보였지만 사실은 굉장히 어두운 암갈색 털이었다. 솔이는 안경 낀 눈을 찡그리고 털을 유심히 살피다가, 몸을 부르르 떨고는 조금 전까지 보였던 호기심과 함께 털을 멀리 날려 버렸다. 불경한 무언가를 만진 것처럼 손을 바지춤에 슥슥 닦았다.

골목 어귀에서 솔이의 친구인 지훈이가 모습을 나타냈다. 해외 축구 팬인 지훈이는 FC 바르셀로나의 반바지를 입고 솔이를 향해 부리나케 달려왔다.

"미안, 좀 늦었지."

지훈이가 웃으며 말했다. 지훈이는 여름만 되면 항상 반바지를, 그것도 자신이 좋아하는 축구팀의 유니폼을 입고 돌아다녔다.

"괜찮아, 그렇게 오래 기다리지도 않았는데."

솔이는 지훈이를 좋아했다. 지금도 넉살 좋은 웃음을 날리는 지훈이를 보자 솔이의 마음이 평온해졌다. 주변엔 온통 자신에게 호통치는 사람들뿐이라 솔이에게 저 미소는 기댈 수 있는 혹은 믿을 수 있는 것이었다. 솔이는 지훈이의 미소를 볼 때면 물속에서 다리가 닿지 않아 땅바닥을 허우적대는 것이 아니라 커다란 튜브에 앉아 어딘가로 유유자적 흘러가는 기분이 들었다.

"그럼 이제 출발해 볼까."

지훈이가 오렌지주스를 단번에 쭉 마신 다음 둘은 종종걸음으로 편의점을 빠져나왔다.

솔이는 지훈이와 친구가 되던 날을 기억한다. 체육 수업 시간에 운동장으로 향하는 계단에서 솔이가 넘어졌다. 데구루루 구른 솔이에게 가장 먼저 다가와 준 친구, 무릎에서 피가 난 솔이를 씻기고 보건실로 데려다준 친구, 치료가 끝날 때까지 기다렸다가 함께 돌아간 친구.

그날 이후 둘은 자연스레 가장 친한 친구가 되었다. 어떤 아이들이 솔이를 '멍청이'나 '굼벵이'라고 부를 때도 둘의 우정에 금이 갈 조짐은 전혀 보이지 않았다. 오히려 그런 녀석들은 서로를 더욱 결속하는 단단한 매듭이 되어 주었다. 솔이는 지훈이가 왜 자신과 같은 아이와 친구가 되어 주는지에 대한 의문과 고마움을 동시에 품었다. 지훈이는 언제든 더 멋진 아이들, 예를 들어 공부를 잘하거나 운동을 잘하는 인기 많은 아이와 가까이 지낼 수 있었다.

두 친구는 동네 언덕을 넘어가는 중이었다. 이 언덕을 넘어가면 내리막길 옆으로 수영장이 기다리고 있다. 솔이가 어려워하는 배영 발차기도 연습할 겸, 오늘같이 더운 날에는 수영장보다 좋은 곳은 없었다. 두 친구는 건널목에 서서 수영장으로 가는 신호등이 바뀌기를 기다렸다. 잠시 후 신호는 빨간불에서 초록불로 바뀌었다. 지훈이는 장난치듯 횡단보도를 향해 점프했다. 솔이도 지훈이와 마찬가지로 점프를 했다. 두 친구는 서로를 향해 웃었다.

그때 저 멀리서 빨간색 스포츠카가 굉음을 내며 둘을 향해 달려왔다. 보행자 신호는 초록불이었고 길을 건너는 다른 사람은 보이지 않았다. 차가 빠르게 다가오기는 했지만, 아직 거리가 있었고 충분히 멈추리라 생각했다. 하지만 빨간색 스포츠카는 웬일인지 속력을 줄이지 않았다. 솔이는 다가오는 차를 멍하니 바라보고만 있었다. 그것은 멈추어야 했다. 솔이와 지훈이가 가진 상식으로, 저 차가 멈추지 않고 달려오는 것은 명백한 위법이다. 그런 것을 방지하기 위해 신호등과 횡단보도와 제한 속도 30킬로의 표지판들이 존재했기 때문이다. 하지만 빨간색 스포츠카는 그대로 달려왔다. 솔이는 그 자리에 얼어 버린 듯 움직일 수 없었다. 지훈이가 솔이를 재빨리 밀었다. 그 바람에 솔이의 안경이 얼굴에서 벗겨져 땅바닥을 나뒹굴었다.

"끼이익!" 거친 소리가 사방에 울렸다. 도로 위에는 차량이 급정거하면서 생긴 스키드 마크가 뱀의 몸통처럼 선명하게 그어져 있었다. 뒤로 벌렁 자빠진 채 솔이는 빨간 스포츠카를 보았다. 건널목을 한참 지나 멈춘 스포츠카는 아직도 성난 심장을 으르렁대고 있었다. 운전석은 유난히 어두워서 내부를 확인할 수 없었다. 마치 아무도 없는 것처럼 느껴지기도 했다. 기이한 암흑이 차 내부에 똬리를 틀었다.

"솔이야, 어디 다친 데 없어? 괜찮은 거야?"

지훈이는 솔이의 몸을 살피며 말했다. 다행히 바닥에 넘어지며 무릎에 약간의 찰과상 정도만 생겼다. 그 정도면 사고를 당할 뻔한 것에 비해 괜찮은 상처였다. 솔이는 땅에 떨어진 안경을 집어 들었다. 렌즈 한쪽에 실금이 간 것이 보였다.

"아저씨! 신호가 바뀌었는데 그렇게 세게 달리면 어떡해요. 여기 어린이 보호 구역 근처라고요."

이미 어린이라고 보기 어려운 지훈이는 빨간색 스포츠카를 향해 소리쳤다. 솔이는 이런 상황에서 지훈이 같은 친구가 같이 있어 준 게 너무 다행스러웠다. 만약 혼자 이 상황을 겪었다면 분명 사고를 피할 수 없었을 것이다. 그러한 사실이 솔이에게 정말 고맙고 든든했다. 그러나 이상한 것은 저 빨간 스포츠카가 왜 그랬는지 알 수 없다는 것이었다. 새로운 운전자 법이 만들어진 뒤로 어린이 보호 구역에서 이런 난폭 운전을 하는 운전자는 없었다. 오히려 악동 같은 꼬마들이 운전자를 겁주기 위해 도로로 뛰어드는 놀이가 성행 중인 요즘이었다.

그때 차 안에서 하얀 섬광이 번쩍였다. 그것은 실제로 존재하지 않는 것처럼, 오래된 신화나 전설 속에 등장하는 괴물의 눈빛처럼 으시시했다. 차창이 모든 빛을 흡수할 듯 검어서 운전석 내부를 확인하기 힘들었다. 하지만 운전자의 눈만큼은 선명한 빛을 내뿜고 있었다. 기형적으로 큰 입과 그 자리에 위치한 이빨의 윤곽선이 번뜩였다. 솔이와 지훈이는 잘못 본 게 아닐까 두 눈을 의심했다. 아무런 미동 없이 빛나던 날카로운 눈은 솔이와 지훈이를 더욱 무섭게 만들었다. 그리고 창문을 넘어서 불길하게 다가오는 술 냄새가 느껴졌다. 솔이와 지훈이는 온몸이 굳어서 꼼짝할 수 없었다. 지훈이는 살며시 사방을 둘러봤다. 주변에 CCTV나 지나가는 어른들이 없는지 살폈다. 저녁 뉴스에서 보던 사건 사고와 납치, 폭행 같은 단어들이 지훈이의 머릿속을 뱅뱅 맴돌았다.

얼마간의 정적이 흐른 뒤, 빨간 스포츠카의 운전자는 아무런 말도 없이 액셀을 밟았다. 공회전하는 차량의 엔진은 짐승의 울부짖음처럼 높고 긴 소리를 냈다. 그러고는 거칠게 핸들을 돌리며 차를 다시 도로 중앙에 올려놓았다. 굉음을 내며 출발한 차가 신호를 무시하며 시야에서 멀어졌다. 그제야 지훈이는 솔이의 팔을 잡고 일어서는 걸 도와줬다.

"와, 저거 뭐야? 완전 미쳤나 봐. 솔이야, 괜찮아? 안경도 금 갔네!"

"응, 난 괜찮아. 고마워, 지훈아."

솔이는 조그만 목소리로 대답하며 안경알을 만졌다. 실금이 간 렌즈 위로 솔이의 지문이 더해졌다.

"그런데, 그 차 안 봤어?"

"차 안?"

"응. 운전석에 있던 사람."

솔이가 조심스럽게 말했다.

"몰라."

지훈이는 솔이의 말을 외면했다.

"눈이랑 이빨이······."

"야, 무슨 소리야? 농담하지 마. 저건 그냥 술에 취한 양심 없는 인간이야. 너도 술 냄새 맡았지? 흔히들 말하는 또라이라고."

지훈이가 손을 저으며 말했다.

"그렇겠지?"

"당연하지."

"하지만 왜 인간처럼 보이지가……."

"에헤, 너 밤에 공포 영화 같은 거 너무 보지 마. 상상력이 지나친 거 같아. 에이, 기분 잡친 거 잊고 얼른 수영장이나 가자. 그냥 막 접영으로 이 스트레스를 날려 버려야겠어."

"저 차, 경찰에 신고해야 하지 않을까?"

솔이가 조심스레 말했다.

"괜찮아. 저런 인간은 우리가 걱정 안 해도 지 혼자 나자빠지게 되어 있어. 아까 봤지, 무서운 속도로 달려드는 거. 모르긴 몰라도 우리한테 달려들던 속도만큼 빠르게 감방으로 직행할 거야. 부우우웅! 오케이? 우리는 신경 쓰지 말고 수영장으로 전진!"

지훈이는 솔이의 옷을 털어 주며 말했다. 세상은 다시 예전처럼 정적 속에 들어와 있었다. 아스팔트 바닥 위에 그려진 어지러운 스키드 마크만이 조금 전 있었던 일을 증명해 줄 뿐이었다.

솔이 역시 날이 습하고 더워 수영장 생각이 간절했다. 벌써 식은땀으로 등이 축축했다. 지훈이는 언제나처럼 과장되고 우스꽝스러운 접영 동작으로 솔이의 긴장을 풀어 주었다. 그 모습에 솔이도 웃음이 터졌다. 그러다 문득 스포츠카가 사라진 방향을 한 번 더 쳐다보고 다시 수영장을 향해 걸었다. 뜨거운 태양 아래 가로수에서는 매미가 생의 마지막을 불태우며 울어 댔다. 불멸을 갈망하는 죽음의 노래였다.

2

저녁노을이 깔렸다. 그것은 새빨간 빛을 사방에 뿌리며 소란스럽게 사라져 가는 중이었다. 잠시 후에 찾아올 밤에 대한 마지막 몸부림일지 몰랐다. 솔이와 지훈이도 노을이 지는 시각 수영장을 나왔다. 둘의 머리는 아직 마르지 않아 비 맞은 새앙쥐 꼴이었다. 미성숙하고 세상이 궁금한 젊은 생쥐들.

"솔이야, 오늘 보니까 너 배영 실력이 나쁘지 않던데? 발차기도 좋았어."

"진짜? 그래 보였어? 그럼 다행이다. 난 항상 발차기가 문제야. 아마 지훈이 네가 많이 도와줘서 그런 거 같아."

"별말씀을."

솔이가 말하자 지훈이는 한 손을 뒤로 하고 허리를 굽혀 꾸벅 인사를 했다.

"내일 학원 가?"

솔이가 물었다. 지훈이는 솔이의 물음에 잠시 생각하더
니 고개를 절레절레 흔들었다.

"잘됐다. 그럼 내일 모의고사 끝나고 수영장 또 오자."

"그래, 별다른 일 없다면 또 수영장에 오자."

"그래, 별다른 일 없다면."

솔이는 지훈이의 말을 따라 했다. 둘의 뒷말은 씁쓸하고
구린 향기를 내뿜는 듯했다. 중학생에게 별다른 일이 뭐
가 있을까? 학원? 시험? 두 친구는 각자의 해석으로 '별다
른'이란 말의 의미를 곱씹었다. 잠시 수영장 앞에서 수다
를 떨던 솔이와 지훈이는 손을 흔들어 작별을 고했다. 둘
은 왔던 길을 거슬러 각자의 집으로 멀어져 갔다. 솔이는
처음에 넘어온 언덕 너머에 집이 있었고, 지훈이는 언덕
을 오르기 전에 옆 골목으로 꺾어 들어갔다. 솔이는 지훈
이가 사라지자 마을버스를 타고 집으로 향했다. 이제 저
녁노을도 사라지고 온 세상은 코발트블루로 물들어 갔다.
짙고 무거운 파랑.

솔이가 아파트에 도착하자 밤은 또 다른 얼굴로 솔이를
맞이했다. 스산한 안개가 아파트 주변을 감싸고 있었다.
기분 탓인지 몰라도 누군가 그 안개를 솔이의 등장 타이
밍에 맞춰 짓궂게 뿌려 놓은 듯했다. 으스스한 기분을 느
낄 때쯤, 솔이는 아파트 현관 입구에 다다랐다. 비밀번호

를 누르자 공동 현관문이 열렸다. 현관 안으로 들어섰지만, 어둠이 여전히 솔이 주변을 서성였다.

이상한 일이었다. 복도의 센서 등이 작동하지 않았다. 솔이는 까치발을 들어 센서 등을 켜 보려 했지만 소용없는 일이었다. 현관 입구부터 엘리베이터까지 가는 복도에 어둠이 깔렸다. 집으로 돌아가기 위해서는 어두운 복도를 걸어 엘리베이터 버튼을 눌러야 했다. 고작 스무 걸음 정도의 거리였지만 솔이에게는 거대한 짐승의 목구멍을 통과하는 용기가 필요했다.

어둠은 항상 솔이를 불안하게 만들었고 항상 무언가를 노리며 주변을 서성이는 맹수 같았다. 적절한 때가 되면 덮칠 준비를 하면서. 그 안에는 같은 반 아이들이 보내는 경멸의 눈빛이 담겨 있었고, 원인 모를 악의가 섞여 있었다. 그것은 기회를 노리며 솔이를 기다렸다. 솔이는 언젠가 그 어둠이 자신을 덮칠 것이라고 생각했다.

"다리를 저어. 무릎을 구부리지 말고 곧게 펴고 힘차게 저으라고."

솔이는 다른 누군가가 왔으면 좋겠다고 생각했다. 그렇다면 같이 껴서 저 엘리베이터까지 함께 갈 수 있으니까.

하지만 퇴근 시간임에도 불구하고 아파트 현관을 오가는 사람이 없었다.

솔이는 더 이상 기다릴 수 없었다. 주먹을 쥐고 신발 밑창을 바닥에 몇 번 비비며 심호흡을 한 다음 엘리베이터 버튼을 누르기 위해 어두운 복도를 걸어갔다. 아니 걸어가려 했다. 결국 그러지 못했다. 왜냐하면, 솔이의 눈을 잡아끄는 무언가 때문이었다. 그것은 은은한 녹색 불빛이었다. 밝게 빛나는 게 아니라, 참치 같은 것들이 그득한 냉동 창고에서 흘러나오는, 하얀 김에 가려져 희미하게 비치는 연녹색 불빛이었다. 물론 그건 솔이의 착각일 수도 있었다.

우편함. 솔이는 우편함에서 불빛이 비치고 있다는 걸 알아차렸다. 공교롭게도 '2204호'라고 쓰여 있는 우편함. 솔이의 집 호수였다. 솔이는 다시 한번 자기 집 호수를 떠올렸다. 2203? 2202? 아니다. 2204가 맞다. 솔이의 얼굴은 단박에 굳어졌다. 걸음을 멈추고 어둠 속을 헤매 우편함 앞으로 갔다. 이제 더는 어둠이 무섭지 않았다. 솔이의 마음속에 어둠보다 더 큰 무언가가 채워지고 있었기 때문이다.

천천히 팔을 들어 우편함으로 뻗었다. 땀방울이 이마와 목덜미, 겨드랑이에 맺히는 게 느껴졌다. 그리고 소포를 집었다. 그리 무겁지도 두껍지도 않은 A4용지 크기의 소포였다. 솔이는 조금 더 자세히 소포를 확인하려 했다. 그때 어둠을 뚫고 밝은 빛이 복도에 깔렸다. 누군가 위층에서 엘리베이터를 타고 내려온 것이다. 솔이는 그 기회를 놓치지 않기 위해 소포를 집어 들고 엘리베이터를 향해 뛰었다.

"터억."

문이 열리고 엘리베이터에 타고 있던 누군가 내리면서 솔이와 어깨가 부딪쳤고 반짝이는 털 한 가닥을 솔이의 어깨 위에 떨어뜨렸다. 당황한 솔이는 고개를 꾸벅 숙이고 엘리베이터에 올라탔다. 황급히 닫힘 버튼을 누르자 지체 없이 문이 움직였다. 좁아지는 문 사이로 솔이와 어깨를 부딪친 사람이 등을 보인 채 미동도 없이 서 있었다. 솔이는 그 모습을 문이 닫힐 때까지 쳐다봤다. 결국, 문은 닫혔고 그제야 솔이는 숨을 제대로 쉴 수 있었다.

엘리베이터는 22층까지 빠르게 이동해 솔이를 복도에 토해 냈다. 솔이는 현관문을 열고 들어가자마자 자기 방에다가 방금 들고 온 소포를 버리듯이 던지고 나와서 거실 불을 켰다. 집 안은 아직 쥐 죽은 듯 조용했다. 어떻게 든 이 적막함을 날려 버려야만 했다.

모든 동작은 물 흐르듯이 빠르게 이어졌다. 엘리베이터에서 내린 다음 현관문을 열고 거실에 불을 켜기까지 솔이의 동작은 수영 시합에서 다이빙하고 레인 끝에서 터치하고 턴하는 것처럼 막힘없이 이루어졌다. 솔이는 더는 어둠 속에 자신을 두고 싶지 않았다. 잠시 호흡을 가다듬고 뛰는 심장을 원래의 심박 상태로 돌리기 위해 평정심을 찾으려 노력했다. 아무도 없는 거실 소파에 앉아서 반 아이들의 빈정거리는 눈빛과 오늘 본 운전자의 날카로운 이빨과 안간힘을 써도 점점 뒤처지는 발차기를 머릿속에서 몰아냈다. 솔이는 자신을 차분하게 다스리며 밑도 끝도 없이 커지는 이 불안이 사라지길 빌었다. 어느 정도 진정이 되자 솔이는 냉장고 쪽으로 갔다. 엄마의 쪽지가 붙어 있었다.

'오늘 늦을 거야. 엄마 오기 전에 밀린 공부 다 하고 냉장고 안에 반찬 있으니까 알아서 차려 먹어.'

화장품 회사에 다니는 엄마는 요즘 늦는 일이 부쩍 늘었다. 냉장고를 열어 엄마가 만들어 놓고 간 반찬들을 식탁 위에 꺼냈다. 두부부침과 소시지볶음, 멸치볶음과 메추리알장조림 등으로 밥상을 차렸다. 그리고 자리에 앉아 식탁 너머 보이는 85인치 대형 티브이를 켰다. 그제야 비로소 집 안에 온기가 돌았다. 화면 속 말하고 움직이는 동적 존재들이 딱딱하게 굳어 있던 솔이의 집 안 공기를 살아 움직이게 했다. 그러한 이유로 솔이는 티브이를 보지 않더라도 켜 놓는다. 맞벌이 부부의 자식이 혼자 저녁을 견뎌 내는 가장 쉬운 방법이었다.

티브이는 어린이 채널에 맞춰져 있었다. 3D 애니메이션 속에서 변신 로봇은 악당을 상대로 전투를 벌이는 중이었다. 주인공들은 입을 크게 벌리며 소리를 질렀다. 자신들은 고작 조종석에 앉아서 버튼이나 누르면서 소리란 소리는 다 질러 댄다. 마치 자동차를 운전하면서 자신이 도로를 달려가는 것처럼 용을 쓰는 것과 다름없었다. 몇 년 전만 해도 솔이는 그런 애니메이션을 좋아했다. 그러나 지금의 솔이에겐 더 이상 흥미를 불러일으키지 않았다. 저런 걸 보고 설렜다는 게 믿기지 않을 정도였다.

'말도 안 돼.'

솔이는 티브이를 보는 둥 마는 둥 하며 밥 한 그릇을 뚝딱 해치웠다. 낮부터 수영해서 그런지 무척 배가 고팠다. 밥을 다 먹고 난 다음 솔이는 바로 설거지를 시작했다. 지난밤부터 쌓인 설거지를 엄마가 돌아오기 전에 해 놓고 싶었다. 솔이는 엄마가 기뻐하는 모습을 상상했다. 설거지를 끝낸 뒤에는 내일 치를 시험에 대비해서 공부해야 했다.

솔직한 심정으로 솔이는 공부를 좋아하진 않았다. 더 정확히 말하자면 왜 공부를 해야 하는지 의문이었다. 이렇다 할 꿈이 없기도 했지만 적어도 의사나 선생님이 되고 싶은 생각은 없었다. 하지만 시험 성적이 나쁘면 솔이는 엄마의 잔소리(내가 얼마나 고생해서 너를 키웠는 줄 아느냐)를 들어야 했고, 다녀야 하는 학원의 개수도 늘어난다는 것을 잘 알고 있으므로 억지로라도 공부를 해야 했다. 그것이 자신을 포함한 모두를 안심시키기 때문이다.

"띠리링." 현관문 열리는 소리가 들렸다. 시계는 밤 열시를 가리키고 있었다. 솔이의 엄마는 별이 반짝이는 밤이 되어야만 집으로 돌아왔다. 화장품 회사에 다니는 엄마는 가을 시즌을 대비해서 신제품을 만드느라 눈코 뜰 새 없이 바쁘게 일했다. 자연스럽게 솔이에게 관심을 쏟기는 힘들었다. 점점 더 늦게 들어오는 일이 잦았다. 솔이는 어째서인지 엄마의 얼굴을 쳐다보지 않으려고 애썼다. 몇 주째 계속되는 엄마의 야근에 자신을 보살피지 않았다는 책임을 묻게 될까 봐 조금은 서먹하게 엄마를 대하는 듯했다.

엄마는 비틀거리는 걸음으로 거실에 있는 솔이에게 다가와서는 어깨를 가볍게 두드려 주었다. 엄마에게서 화장품 냄새와 술 냄새가 났다. 아까 낮에 본 빨간색 스포츠카의 운전석 너머로 흘러나오던 기분 나쁜 술 냄새. 아마도 엄마는 약간 취한 것 같았다. 엄마는 고개를 숙이고 있는 솔이의 두 어깨를 손으로 잡고 이렇게 말했다.

"엄마가 너를 얼마나 사랑하는지 넌 모를 거야. 오늘 어

떤 일이 있었는지 아니? 이 상무, 김 부장 같은 인간들이
엄마를 쥐락펴락 괴롭히고, 더러운 화장실 같은 농담을
지껄여도 난 꿈쩍도 안 할 거니까. 그게 무슨 말인지 알겠
니? 그런 수모를 받아도 엄마가 견디는 건 오로지 너 때문
이야. 무슨 일이 있어도 버틸 거야. 솔이 네가 대학 졸업
할 때까지 말이야."

엄마는 혀 꼬부라지는 소리로 말했다. 너무 가까이 다가
와 말하는 바람에 솔이의 금이 간 안경에 김이 서릴 정도
였다. 솔이의 시야는 뿌옇게 변해서 앞을 분간할 수 없었
다. 늦은 밤 술에 취해 들어온 엄마는 고장 난 오디오처럼
같은 말을 반복했다. 솔이는 엄마의 말에 별다른 의견이
없었다. 술에 취한 사람과 대화를 한다는 건 사춘기 소년
에겐 힘든 일이다.

엄마는 외투를 벗어 던지고 솔이를 지나쳐 갔다. 그러자
회색 털 한 가닥이 솔이의 머리 위로 떨어졌다. 이제 중딩
은 퇴장할 시간이었다. 솔이는 엄마를 뒤로하고 자기 방
으로 들어가 안경을 벗고 침대에 누웠다. 엄마는 거실 소
파에 앉아 혼잣말을 했다. 솔이는 두 눈을 감고 잠을 청하
려 했지만, 어찌 된 일인지 쉽사리 잠들지 못했다.

눈을 감고 머릿속으로 양을 세어 보았다. 첫 번째 양이
울타리를 가뿐히 넘는다. 두 번째 양도 울타리를 넘는다.

세 번째 양이 울타리를 넘으려고 할 때, 어디선가 굉음이 울리며 빨간색 스포츠카가 쏜살같이 달려와 양을 받아 버렸다. 어리둥절한 양은 피를 토하며 물리 엔진이 고장 난 게임 그래픽처럼 우스꽝스럽게 몇 바퀴를 나뒹굴었다. 그리고 멈춰 선 스포츠카 운전석 안에 커다랗게 째진 눈 하나가 번쩍하고 빛을 냈다.

쭉 찢어진 눈과 커다란 입. 거기에 어울리게 삐죽삐죽 솟아난 날카로운 많은 이빨. 기다란 혀가 날름거리면서 긴 이빨들을 핥는 장면이 스쳤다. 이글이글 불타는 눈이 솔이를 가만히 응시했다. 이유를 알 수 없는 분노와 적대감이 술 냄새에 실려 운전석 밖으로 스멀스멀 기어 나왔다. 물컹거리는 그것은 젤리처럼 흘러서 솔이의 발밑까지 다가왔다. 솔이는 이마에서 땀이 흘렀다. 눈을 감고 있었지만, 환상은 실제처럼 생생하게 존재했다. 옆을 보니 지훈이도 솔이처럼 덜덜 떨며 땀을 흘리고 있었다.

분명 지훈이도 그것을 봤다. 스포츠카 너머 운전석에 있던 존재를. 분명히 보았다고 장담할 수 있었다. 말하지 않아도 존재하는 솔이와 지훈이의 우정처럼, 괴물 같던 운전자도 존재했다. 공포 역시 말로 표현하지 않아도 느끼는 감정이었다. 하지만 지훈이는 그것을, 솔이와 함께 목격한 그 순간을 인정하지 않았다.

'그저 술 취한 운전자야.'

그때, 누군가 집 안으로 들어왔다. 그 누군가는 벽을 쿵쿵 찧으며 몸을 가누지 못했다. 신발이 아무렇게나 나뒹구는 소리가 났다. 솔이는 눈을 감고 아빠의 모습을 떠올렸다. 이상한 일이지만 솔이는 엄마의 얼굴도 아빠의 얼굴도 희미했다. 아빠는 늘 바쁘고, 늘 늦게 들어오고, 늘 엄마보다 더 잔뜩 술에 취해 있었다. 아침이면 일찍 출근하는 바람에 솔이는 아빠의 모습을 떠올릴 수 없었다. 아빠의 존재는 오직 그가 벗어 놓은 옷가지들과 새벽에 먹다 남긴 삼각김밥과 사발면으로 추정해 볼 뿐이었다.

잠시 후, 거실에서 심하게 다투는 소리가 들렸다. 솔이는 이미 이렇게 될 걸 예상했다. 〈개그콘서트〉에서 몇 달째 같은 유행어를 사용하는 것처럼 지금 벌어지는 일은 뻔한 것이었다. 오히려 둘의 싸우는 소리에 솔이는 세상이 제대로 돌아가고 있다 안심했다. 엄마와 아빠가 다투는 소리는 의미를 알 수 없게 뭉개져서 솔이의 귀로 들어왔고, 그 소리는 지난주에 봤던 다큐멘터리 〈세렝게티 초원〉의 한 장면을 떠올리게 했다. 사자와 하이에나가 썩은 고기를 놓고 싸우는 장면이었다.

대부분은 솔이를 두고 하는 싸움이었다. 아이의 교육이 어떻고, 생활비가 어떻고, 성적이 어떻다는 이야기였지만 실상 솔이가 무슨 꿈을 꾸고 뭘 좋아하는지 같은 건 빠져 있었다. 배영 발차기가 익숙하지 않은 것은 거론되지 않았다. 서로를 공격하기 위해, 상대의 약점을 더 정확히 가격하기 위해 솔이는 소비되고 있었다. 서로에게 죄책감과 책임감과 창피함을 주기 위해 엄마와 아빠는 최선을 다했다.

솔이는 쉽게 잠들지 못했다. 이불을 머리 위까지 올리고 몸을 뒤척이며 최적의 자세를 찾아 보았지만, 결국 잠드는 데 실패했다. 잠이 오지 않는 이유는 뻔했다. 지훈이와 헤어지고 집으로 돌아오는 길에 가지고 온 우편물 때문이었다. 솔이는 엄마나 아빠가 그것을 보지 못하게 자기 방에 던져 놓았다. 침대 밑에 던져 놓은 우편물에서 스멀스멀 녹색 연기가 피어올랐다. 솔이는 침대에서 몸을 일으켰다. 오늘 밤 일찍 잠들기는 포기하고 몸을 일으켜 벗어 놓았던 안경을 집었다. 기름때를 닦으려고 옷에 문지르다가 손가락 끝이 깨진 렌즈에 살짝 베었다.

"아야."

솔이는 송곳에 찔린 듯한 통증을 느끼며 손가락을 바라봤다. 손가락 끝에 아주 얇게 베인 자국이 생겼고 가느다란 피가 방울이 되어 솟아올랐다. 침대 옆에 놓인 휴지를 한 장 뽑아 피를 대충 닦았다.

그러고서 솔이는 손을 뻗어 침대 밑에 있던 우편물을

집어 들었다. 형광 물질을 발라 놓은 것처럼 우편물 표면에서 녹색 기운이 흘러내렸다. 우편물을 흔들어 봤지만, 기분 나쁜 녹색 연기는 사라질 기미가 없었다. 솔이는 침대 옆의 스탠드를 켰다. 스탠드 불빛이 방 안에 돔 형태의 빛을 만들었다. 그러자 우편물에서 흐르던 녹색 기운이 감쪽같이 사라졌다. 다시 스탠드를 끄자, 녹색 연기가 재빠르게 제자리로 돌아왔다. 솔이는 포기하고 불을 켜기로 마음먹었다.

보낸 사람에는 '연방 정부 경제 특별 대책 위원회 산하 대국민 사업 본부'라는 엄청나게 긴 주소가 뻔뻔한 얼굴로 이상할 거 하나 없다는 듯 떡하니 쓰여 있었다. 우편물 겉면에는 많은 우표가 덕지덕지 붙어 있었다. 반송이라는 도장도 심심치 않게 보였다. 상태를 보니 아마 이 우편물은 이곳저곳 떠돌아다닌 듯싶었다. 우편물 우측 하단 받는 사람의 이름이 매직펜으로 직직 그어져 있었다. 그 옆에 '김 솔'이라고 큼지막하게 솔이의 이름이 적혀 있었다.

솔이는 이 우편물이 돌고 돌아 드디어 자신에게 도착했음을 직감했다. 우편물에게도 쉽지 않은 여정이었을 것이다. 원했든 원치 않았든.

이런 생각에 잠겨 있는 동안에도 아래층에서는 계속해서 싸우는 소리가 들렸다. 거실에서 시작된 음의 파장은 여러 단계의 장애물을 거쳐 솔이의 달팽이관으로 흘러들었다. 아빠의 소리는 사자처럼 낮게 울렸고, 엄마의 소리는 하이에나처럼 높고 앙칼지게 이어졌다. 세렝게티 다큐멘터리에서 물소의 썩어 가는 사체를 두고 싸우던 사자와 하이에나 중 누가 승리를 했는지 기억나진 않았다. 아마도 그 당시 머릿수가 더 많은 동물이 물소의 사체를 차지했을 것이다. 야생에선 더 많은 이빨과 발톱과 머릿수를 가진 쪽이 승리할 확률이 높다.

솔이는 부끄럼 없이 쓰인 '연방 정부 경제 특별 대책 위원회 산하 대국민 사업 본부'라는 우편물 주소를 읽어 보았다. 마른침을 삼키고 그것을 물끄러미 바라봤다. 핸드폰을 찾아 지훈이에게 전화를 걸까 생각도 했지만 그러기에는 시간이 너무 늦었다. 몇 달 전부터 이런 일이 생길 거라고 막연히 생각해 왔다. 막상 이 불길한 우편물이 현실 세계로 넘어와 솔이의 손에 놓이게 되자 적잖이 당황했다. 평온한 일상에 커다란 장화 신은 고양이가 문틈으로 이야기를 거는 듯한 느낌이었다.

사실 솔이는 이 속에 든 것이 무엇인지 짐작할 수 있었다. 하지만 중학생에겐 이것을 감당할 힘이 부족했다. 마구잡이로 엉킨 실타래가 두 손 가득 들려 어디서부터 매듭을 풀어야 할지 모르는 난감한 상황 같았다. 솔이는 식은땀을 흘리며 우편물의 한쪽 귀퉁이를 조심스럽게 찢었다. 세상 누구도 이 우편의 개봉 사실을 눈치채지 못하게 하려는 듯 조심스럽게 손을 움직였다. 물론 아직까지는 그 누구도 솔이가 이 우편물을 받았다는 사실을 알지 못했다.

찢긴 우편 봉투 귀퉁이에서 기다렸다는 듯이 몇 가닥의 털이 떨어졌다. 솔이는 떨어진 털을 집어 올려 눈앞으로 가져갔다. 약간의 시간을 들여 반짝이는 털을 쳐다봤다. 솔이는 이 기분 나쁜 털들을 너무 자주 본다고 생각했다. 긴 구멍을 통해 봉투 안을 들여다봤다. 활짝 개봉하지 않고서는 정확한 실체를 알기 힘들었다. 이쪽 세계에서 저쪽 세계로 완전히 들어가야만 모든 게 허락되었다. 살짝 발을 담그는 것만으로는 수수께끼를 풀 수 없었다. 이런 생각이 들자, 솔이는 결심하고 우편물의 상단을 뜯어냈다.

완전히 개봉한 우편물 안에서 내용물이 게으르게 미끄러져 솔이의 손으로 들어왔다. 그것은 역시나 탈이었다. 그것도 개의 형상을 한 탈. 솔이의 예상이 어김없이 들어맞았다. 손에 쥐어진 탈을 보자, 온몸의 힘이 빠지고 식은 땀이 흘렀다. 침대맡에 앉아 등을 기댈 수밖에 없었다. 그런 채로 솔이는 한동안 숨을 골라야만 했다.

'결국 나에게도 이 순간이……'

솔이는 절망 속에서 생각했다. 식은땀을 흘리면서 손에 든 개의 탈을 뚫어져라 쳐다봤다. 자기 손에서 배어난 핏방울이 개의 탈에 스며드는 것을 느끼지도 못했다.

솔이는 이 장면을 언젠가부터 상상할 수 있었다. 앞으로 벌어질 일이었기 때문인지도 모른다. 어깨에 흉터를 남긴 불주사랑 비슷하다. 피할 수 없는 국가 건강 검진 같았다. 원치 않았지만, 집 나간 똑똑한 강아지처럼 탈은 멀고 먼 길을 돌아 솔이를 찾아왔다. 아침부터 편의점에서 만난 아저씨와 술에 취해 난폭 운전을 하던 운전자와 집에 돌아올 때 엘리베이터 입구에서 만났던 남자들의 얼굴이 스쳐 지나갔다. 솔이가 그들을 외면하고 불안에 떤 것은 바로 이런 연유였다. 그들은 모두 개의 탈을 쓴 사람들이었다.

솔이는 눈을 감고 고개를 침대맡에 기대어 이 순간을 벗어날 수 있길 빌었다. 밝은 햇살 너머에서 누군가 다정한 목소리로 솔이의 이름을 부르는 상상을 했다. 두 눈을 감고 지훈이를 떠올렸다. 어둠이 눈 가장자리에서부터 침범해 빛을 야금야금 먹어 갔다. 사방이 어두워지다가 저 멀리서부터 파란빛 하나가 솔이를 향해 쏜살같이 밀려왔다. 그것은 수영장이었다. 솔이는 공중에 둥둥 떠서 발밑에 네모나게 펼쳐진 수영장을 봤다.

잠시 뒤 솔이는 수영장 표면에 닿으면 그리로 빨려들리

라, 흡수되리라 생각했다. 표면 장력을 뒤로하고 자기 몸을 감싸 줄 물속으로 들어갈 것이라고. 하지만 순식간에 공간이 뒤집히고 솔이는 허우적거릴 새도 없이 하늘로 추락했다. 끝없이 펼쳐진 하늘은 어디까지 바닥인지 알 수 없었다. 그저 하염없이 밑으로 밑으로 떨어질 뿐이었다. 눈을 떠야 했다. 그때 솔이의 방문이 벌컥 열리면서 엄마와 아빠가 들어왔다. 솔이는 상상을 멈추고 두 손에 들고 있던 개의 탈을 재빠르게 침대 밑으로 밀어 넣었다. 그리고 방에 들이닥친 엄마와 아빠의 얼굴을 숨죽이며 바라봤다.

거기에는 당연하다는 듯이 사람이 아닌 개의 얼굴들이 있었다. 진회색 털에 날카로운 코와 갸름한 얼굴을 가진 엄마와 갈색 털이 덥수룩하고 뭉툭한 코에 혀를 길게 빼 헥헥대는 아빠가 솔이를 바라보고 있었다. 그 모습에 솔이는 운전석 너머에 있던 커다란 입과 쭉 찢어진 눈을 가진 개를 떠올렸다.

'술 냄새.'

솔이는 현기증을 느끼면서 침대맡에서 정신을 잃었다. 개의 탈을 쓴 엄마와 아빠는 솔이가 쓰러지는 모습을 보고 머리를 갸우뚱거렸다. 솔이 방에서 새어 나오는 불빛을 보고 늦게까지 잠들지 않은 아들을 혼내려던 목적이 사라지자, 그들은 끙끙거리며 앓는 소리를 냈다.

개의 탈. 그 요상스런 물건이 어디에서 오는지 아는 사람은 아무도 없었다. 언젠가 때가 되면 알아서 나타났다. 그리고 그때가 되었다는 건 인간에서 개로 진화할 기회가 왔다는 것이다. 초등학교를 졸업하고 몇 년이 지나면 ―아마도 남자아이들은 겨드랑이나 사타구니에 털이 나고 여자아이들은 브라 착용과 화장이 능숙해질 때쯤―아이들에겐 어김없이 우편물이 하나씩 배달되었다. 그 안에는 반드시 개의 탈이 들어 있었다. 만고불변의 법칙처럼 혹은 스위스산 손목시계의 초침처럼 누구에게나 정확하게 벌어졌다. 똑딱. 똑딱.

그것을 받는 순간부터 아이들은 이전까지 감지하지 못했던 개의 존재들을 볼 수 있었다. 어제까지 멀쩡했던 편의점 사장님이 불도그 얼굴로 나타났다. 탈이 든 우편물을 받아 든 아이들은 처음엔 공포에 떨고 두려움에 반항하지만 결국에는 모두 개의 탈을 영국 여왕이 내리는 작위처럼 받아들이게 되었다. 개의 탈을 쓰면 새로운 세상이 열렸다. 슈퍼 히어로처럼 세상을 새롭게 느끼고, 반응하고, 움직일 수 있었다. 탈을 쓰기 전과 그 후의 차이는 엄청났고, 대부분 그 변화에 만족스러워했다.

첫 번째로 모든 일을 빠르게 처리할 수 있는 힘이 생겼다. 나약하고 우유부단한 성격을 쓰레기통에 처박아 버렸다. 필요 없는 것, 쓸데없는 것들을 구분하고 확정 짓고 그에 따르지 않는 낙오자의 냄새를 맡아 물어뜯을 힘을 얻었다.

두 번째로 혀가 아주 길어졌다. 길어진 혀 때문인지 모르겠지만 말을 아주 잘할 수 있게 되어 이쪽으로 소질이 있는 아이들은 그 기다란 혀만으로도 사람을 공격할 수 있었다.

세 번째는 눈과 귀가 아주 예리해졌다. 눈은 상대방의 거짓말을 찾아내는 탐지기 같았고 귀는 1킬로미터 밖에서도 자신의 험담을 하는 사람의 소리를 들을 수 있게 되었다.

개의 탈을 쓴 아이들은 하루아침에 힘과 능력을 갖게 됐다. 하지만 개의 탈을 써 좋은 점만 있는 것은 아니었다. 이것은 우편물에 동봉된 설명서 21페이지에도 적혀 있는 것인데 부작용이 있었다. 성질이 난폭해지고, 계속 자라나는 이빨로 남을 서슴없이 물어뜯거나, 폐에 가끔씩 끼는 가래를 눈앞의 상대에게 주저 없이 뱉기도 했다.

솔이는 반에서 몇 명의 아이들이 개의 탈을 쓴 것을 직감으로 알고 있었다.

의심스러운 아이가 누군가를 물고 할퀴어 교실이 눈물과 아픔과 공포로 뒤덮일 때가 종종 있었다. 다른 아이들은 아직 눈치채지 못했지만, 솔이와 지훈이는 알고 있었다. 어제만 해도 살가운 친구였던 아이가 다음 날 친구의 팔뚝을 무는 것은 개의 탈을 쓴 것으로밖에 설명이 안 됐다. 비밀은 새어 나와 누군가에게 들키게 마련이었다.

그때부터인지 모른다. 솔이는 그 모습을 보면서 다짐했다. 자신은 절대로 저 불경한 개의 탈을 쓰지 않겠다고. 그리고 그런 솔이의 생각에 적극 찬성하고 같이 지켜 나갈 것을 맹세한 지훈이는 든든한 지원군이었다. 솔이는 지훈이를 친구로 둔 것을 자랑스럽게 여겼다.

"이건 무서운 음모야. 누군가가 세상을 조종하기 위해서 이렇게 거대하고 소름 끼치는 짓을 벌이고 있는 건가 봐. 수상한 일에 휘말리면 우리도 그 누군가에게 조종당할 거야."

솔이와 지훈이는 학교 운동장 한쪽에서 머리를 맞대고 회의를 했다. 이렇게 벌어지고 있는 개의 탈 사건들은 분명 국가에서 조심스럽게 진행되는 무시무시한 프로젝트의 일환일 것이다. 모든 인간을 획일화하여 국가가 혹은 기업이 원하는 인재상으로 길러 낸다. 안 봐도 뻔한 일이다. 그런 게 아니라면 누가 이런 수고스러운 일을 벌인단 말인가. 여기에 거대한 정부 혹은 그 이상의 지구 연합 공동체가 연결되어 있다는 것은 쉽게 예상할 수 있다. 혹은 아직 살아남은 나치의 잔당이거나. 우편물에 떡하니 쓰여 있는 우스꽝스러운 주소만 봐도 알 수 있는 일이었다.

3

　당혹스러운 밤이었다. 솔이와 헤어지고 집으로 돌아온 지훈이는 이 밤을 영원히 기억할 것만 같았다. 솔이네 집과 그리 멀지 않은 대단지 아파트에 사는 지훈이는 지금 자기 방 침대에 걸터앉아 고개를 숙이고 골똘히 생각에 잠겨 있었다. 그리고 지훈이의 손에는 오늘 솔이가 받은 것과 똑같이 녹색 연기가 뿜어져 나오는 우편물이 들려 있었다. 아무에게도 말하지 않고 몰래 가지고 들어온 우편물과 거기에 쓰인 비현실적인 주소와 덕지덕지 붙은 우표를 바라보았다. 지훈이는 솔이를 떠올렸다.

*

　"솔이야, 만약 우리한테 그게 생긴다면 어떡할 거야?"
　지훈이가 솔이에게 물었다.
　"막상 그 일이 나에게 벌어진다고 생각하면 두려워. 그래서 더 현실감 없게 느껴져."
　"그렇다고 언제까지나 가만히 있을 수는 없잖아. 우리

202

도 미리 행동 수칙을 만들어 놓는 게 좋지 않을까?"

지훈이가 말했다.

"모르겠어. 진짜로 그런 일이 생긴다는 게……. 너는 어쩔 거야?"

솔이가 물었다.

"음, 난 이렇게 할 거야."

지훈이는 지난번 수영장에서 나오며 솔이와 나누었던 이야기를 되짚어 보았다. 그때 분명히 말했다. 이 재수 없는 물건이 우리를 찾아왔을 때 취해야 할 행동을. 지훈이는 자기가 했던 약속을 떠올렸다. 그리고 그것을 실행하기 위해 아무도 모르게 현관문을 열고 엘리베이터 앞에 섰다.

아홉 시가 지나면 지훈이가 사는 아파트에 사람의 자취는 거의 사라졌다. 음식점의 배달 기사만이 분주하게 돌아다녔다. 26층에 사는 지훈이는 엘리베이터 버튼을 누르고 잠시 기다렸다. 18층에서 잠시 멈췄던 엘리베이터가 다시 위로 움직였다. 그사이 복도의 센서 등이 꺼졌다. 어둠이 찾아오자, 지훈이는 깜짝 놀라 뒤꿈치를 들고 복도의 등을 향해 손을 휘저었다. 센서가 작동하길 바라면서. 하지만 전등은 들어오지 않았다. 다급한 마음에 계속 움직여 봤지만, 소용없었다.

불길한 기분에 손에 든 개의 탈을 바라봤다. 어둠 속에서 번쩍이는 눈동자가 보였다. 야생 동물들에게서 흔히 볼 수 있는 인광이 탈에서도 뿜어져 나오고 있었다. 지훈이는 크게 소리 지르고 싶은 마음을 꾹 눌렀다. 깊게 심호흡하며 이것이 나에게 아무런 해도 끼칠 수 없다고 되뇌었다. 그렇다고 해도 소름 끼칠 정도의 또렷한 녹색 인광은 부정할 수 없었다.

삭막한 전자음이 엘리베이터가 도착했다는 것을 알렸다. 문이 열리고 복도를 환하게 비추자 그제야 지훈이는 안심할 수 있었다. 지하 1층 버튼을 누르고 빠른 속도로 이동하는 엘리베이터에 몸을 맡겼다. 엘리베이터가 18층에서 멈췄다. 엘리베이터가 덜컹거리면서 서자 지훈이는 놀라 두 눈을 동그랗게 떴다. 할 수만 있다면 비명을 지르고 싶었지만, 입 밖으로 소리를 내면 지금 지훈이가 벌이는 일이 온 세상에 알려질까 봐 꾹 참았다. 문이 열리고 누군가가 타기를 기다렸지만, 엘리베이터의 벌어진 문 밖으로는 어두운 아파트 복도만이 보였다. 아무도 없는 것을 확인하고 닫힘 버튼을 눌렀다. 반쯤 닫히던 문은 격한 진동과 함께 급작스럽게 정지하더니 다시금 활짝 열렸다.

지훈이는 깜짝 놀라 개의 탈을 등 뒤로 재빠르게 숨겼다. 엘리베이터 문이 열리면서 누군가 그곳으로 몸을 욱

여넓었다. 키가 2미터는 됨직한 거대한 개였다. 개의 얼굴을 한 성인 남성은 엘리베이터 안으로 들어서며 지훈이를 한 번 훑어보았다. 당황한 지훈이는 놀라 고개를 황급히 숙였다. 그런 모습을 본 거대한 개는 별거 아니라는 듯 콧김을 한 번 내뿜고는 1층 버튼을 누르며 팔짱을 끼었다.

진동을 일으키며 거대한 강철 상자가 이동하자, 네모난 공간에 침묵이 돌았다. 이제 지훈이도 확실하고 명확하게 모든 걸 느낄 수 있었다. 이것은 변화였고, 솔이와 나누던 걱정과 미래가 현실이 됐다는 것이었다. 지훈이의 이마에서 식은땀이 흘렀고 심장 박동이 눈에 띄게 빨라졌다. 그러자 옆에 있던 커다란 개가 코를 쿵쿵거리며 고개를 이리저리 흔들었다. 이 좁은 공간 안에 떠다니는 불안과 공포를 감지하듯. 엘리베이터가 목적지에 도착하자 그는 지훈이를 한 번 쳐다보고는 낮게 으르렁거리며 밖을 향해 가 버렸다.

지하 주차장을 통해 출입구로 나가자 뻥 뚫린 아파트 후문이 나왔다. 그 앞 놀이터에는 미끄럼틀과 그네가 성의 없이 놓여 있었다. 지훈이는 오른쪽으로 돌아 아파트의 후미진 곳으로 향했다. 재활용 쓰레기를 모아 두는 창고를 지나자 조그만 공터가 나왔다. 앞은 벽으로 막혀 보잘것없는 공간이었다. 때가 탄 나무 경고문이 보였다.

'주의! 쓰레기를 태우지 마시오.'

지훈이가 세운 계획을 실행하기에 최적의 장소처럼 보였다. 지훈이는 솔이를 떠올리며 그 애와 나눈 대화를 곱씹었다. 지금 지훈이가 하려는 건 소중한 친구와 함께하기로 한 엄숙한 선언이자, 누군가가 정해 준 미래를 거부하는 행동이었다.

싸늘한 바람이 지훈이를 한차례 휘감고 돌았다. 지훈이는 과연 이런 선택을 내린 용기와 타당성을 인정할 수 있을지, 행여나 어리숙한 자신들의 선택에 후회할지, 그리고 이렇게 한다고 해서 바뀔 수 있는지에 대한 의문과 두려움이 들었다. 지훈이의 한 손에는 오늘 도착한 개의 탈이 들려 있었고, 다른 한 손에는 아빠의 지포 라이터 기름통이 들려 있었다.

"난 그 재수 없는 탈이 내게로 날아온다면 아주 뜨거운 맛을 보여 줄 거야. 솔이야, 우리 맹세 잊지 않았겠지. 절대 그 망할 탈을 머리에 쓰는 일은 없을 거야. 솔이 너도 약속 꼭 지켜야 한다."

지훈이는 자신의 목소리를 머릿속에서 재생했다.

'그래, 우리는 약속했어. 난 그 약속을 지켜야 해.'

지훈이는 다짐하듯 뇌까리며 옆에 굴러다니는 골판지

박스를 찢어서 바닥에 깔고 그 위에 지포 라이터 기름을 부었다. 지훈이는 손에 들려 있던 개의 탈을 쳐다봤다. 스산한 달빛이 사방을 비추고 있었다. 밝은 밤이었다. 하늘에 떠 있는 구름이 선명하고 빠르게 움직였다. 바람이 불었다. 어디선가 개의 울음소리가 길게 이어졌다.

지훈이는 자신을 지켜보는 사람이 없는지 주위를 두리번거렸다. 긴장한 탓에 얼굴은 땀으로 범벅이 되었다. 열다섯 소년은 자신의 무기력함을 물리치기 위해, 친구와의 약속을 지키기 위해, 어두운 밤과 소름 끼치는 바람 소리를 떨쳐 버리기 위해, 밤을 밝히기 위해 손에 든 라이터를 켰다. 지포 라이터 불빛이 어둠 속에서 춤을 추듯 일렁거렸다. 빛은 바람에 이리저리 흔들리며 지훈이의 얼굴에 드리운 그림자를 춤추게 했다. 분주한 불빛에도 지훈이의 얼굴은 굳어만 갔다. 초조하고 불안한 얼굴로 지훈이는 개의 탈과 지포 라이터를 양손에 들고 밤의 한가운데 서 있었다.

4

안개가 자욱했다. 이른 아침의 상쾌한 공기는 그곳에 없고 오직 시야를 가리는 짙은 안개뿐이다. 솔이는 고층 아파트 22층의 거실에서 아래쪽을 내려다봤다. 깊이를 가늠할 수 없는 안개의 바다가 건물과 자동차와 도로, 모든 것을 삼켰다. 솔이는 아침 일찍 일어나 거실 창 너머로 바깥 풍경을 바라봤다. 기절해서 쓰러진 후 계속해서 악몽에 시달린 탓이다. 안개 위로 떠 있는 건물들을 보자 지난밤 꿈에서 본 모습들이 생각났다.

솔이의 악몽은 어딘지 모르는 고층 빌딩들 사이로 하염없이 추락하는 꿈이었다. 떨어져도 떨어져도 끝이 없는 꿈. 떨어지면서 보이는 것은 단지 수많은 빌딩이었다. 그 안에 사람들이 있었다. 그들은 무엇을 하는지 모르겠지만 모두 바쁘게 움직이고 있었다. 모두 자신이 맡은 일이 가장 중요하다고 여기는 듯 분주하고 심각한 얼굴이었다. 그런 장면이 계속 이어지다 솔이는 이상한 점을 발견했다. 자세히 보니 그들은 모두 솔이의 얼굴을 하고 있었다. 지금보다 나이를 조금 더 먹은 10대 후반에서 20대 중반의 수많은 자신이 사무실에서 바쁘게 움직이는 모습이었다. 계속해서 추락해도 보이는 풍경은 비슷했다. 사무실에서 전화를 받거나, 팩스를 보내거나, 커피를 마시거나, 서류에 사인하는 수많은 솔이 자신을 보았다. 자신은 그 자리에 가만히 있고 건물이 움직이고 있는 게 아닐까 하는 착각마저 들었다. 그러다가 얼마 뒤에 사무실 안에 설치

된 비상벨이 울렸다. 그들은 움직임을 멈추고 일제히 고개를 돌려 추락하는 솔이를 바라봤다. 그 순간 그들의 모든 얼굴에는 개의 탈이 씌워져 있었다.

솔이의 꿈은 여기까지였다. 솔이는 개의 탈을 쓴 수많은 자신을 보자마자 잠에서 깨어났다. 땀범벅이 된 얼굴을 쓸고 시계를 봤을 때 시간은 새벽 다섯 시 30분을 가리키고 있었다. 솔이는 침대 밑에 손을 넣어 봤다. 그곳에는 여전히 우편물이 놓여 있었다. 은은한 녹색 불빛이 나지막이 속삭이듯이 흘러나왔다.

우편물을 만지작거리다가 찝찝해진 솔이는 반쯤 삐져나와 있는 개의 탈을 꺼냈다. 옅은 회색 털이 반짝이고 입은 삐죽 나와 그 끝에 윤기 나는 코가 있었다. 귀는 삼각형으로 뾰족하게 서 있었고 눈과 코, 입을 따라 난 흰색 털이 경계를 이루었다. 그 생김새는 썰매견으로 유명한 시베리아허스키와 비슷했다. 또 다르게 보자면 늑대와도 닮아 있었다. 날카로운 이빨 너머 뻥 뚫린 입은 무언가를 삼킬 준비를 하는 것 같았다. 싱크대 배수구처럼 그 입은 솔이의 영혼을 빨아들이려 하는지도 몰랐다.

솔이는 순간적으로 극심한 충동에 시달렸다. 바로 이 탈을 한번 써 보고 싶다는 충동이었다. 한 번만 살짝 써 보면 안 될까? 탈 안에 접착제라도 발려 있지 않은 이상 얼른 다시 벗을 수 있을 것 같았다. 손을 움직여 천천히 머리에 대 보았다. 탈의 사이즈는 솔이의 머리 크기에 어쩌면 이렇게 딱 맞아떨어지는지 신기할 정도였다. 그 신기함은 다시 한번 강한 충동으로 이어졌다. 일요일 산책길 말 안 듣는 개의 목줄을 세게 잡아당기는 것, 자전거로 길고양이를 쫓아갔던 것, 개미들이 바글거리는 사탕 주변으로 모기 살충제를 뿌려 보고 싶은 것만큼 유혹적이었다.

'하지 마.'

지훈이의 목소리가 들렸다. 그것이 주문처럼 강하게 작용했다. 솔이는 이내 머리 부근까지 갔던 개의 탈을 다시 우편물 봉투에 넣었다.

엄마 아빠가 이 불온하고 겸연쩍은 우편물이 온 것을 알지 못하게 가방에 챙겼다. 부모들은 자식이 언제 개의 탈을 받게 될까 궁금해했다. 어떤 사람은 그것을 자랑스러운 통과 의례로 받아들여 자식이 진정한 어른으로 가는 첫걸음을 떼는 것이라 여겼다. 그리고 우편물을 받은 자녀를 위해 축하 파티를 열어 주었다. 남을 물어뜯고 험담하게 되는, 소위 경쟁력 있는 아이가 된 걸 축하하는 파티라니. 무시무시한 일이라고 솔이는 생각했다.

솔이는 새벽에 몰래 시리얼을 먹고 조용히 가방을 챙겨 집을 나섰다. 모두가 일어난 후에는 이 비밀을 더 이상 숨길 수 없다는 걸 알고 있었다. 아파트 현관을 나가자, 위에서 본 것처럼 지면이 온통 안개로 뒤덮여 있었다. 안개가 어찌나 심했던지 솔이는 더듬더듬 조심스럽게 걸음을 옮기며 학교로 향했다. 솔이는 어젯밤 벌어진 이 사건을 누군가에게 털어놓고 싶은 충동에 사로잡혔다. 누군가와 머리를 맞대고 돌파구를 찾아야 했다. 그건 적어도 솔이의 부모는 아니었다.

이른 새벽이라 길에 사람은 보이지 않았다. 혹시라도 개의 탈을 쓴 누군가와 마주치게 될까 조심하면서 솔이는 학교의 정문을 지나쳤다. 오늘 솔이는 신원중학교에 제일 먼저 등교한 학생이었다. 솔이보다 먼저 도착한 것은 이 짙은 안개뿐이었다. 여름이라 해는 일찍 떠올랐고, 안개가 많이 끼었다고는 하지만 점차 모든 사물이 햇살 아래 제 모양을 갖춰 가고 있었다. 그 모습 앞에서 솔이는 어떤 확신을 가질 수 있었다. 모든 것은 어제와 변함이 없다는 확신.

솔이는 아무도 없는 교실에 첫 번째로 들어가 자기 자리에 앉았다. 조용히 앉아 어제 벌어진 일들에 대해 다시 생각했다. 차근차근 정리하다 보면 무언가 해결책이 나올지도 몰랐다. 적어도 그렇게 되기를 기대했다. 눈 부신 햇살 아래 편의점 파라솔에 앉아 지훈이를 기다리던 어제를 떠올렸다.

머릿속에서 수영 코치가 소리를 지른다.

"다리를 저어. 무릎을 구부리지 말고 곧게 펴고 힘차게 저으라고."

지훈이와 만나 웃으며 이런저런 이야기를 나누었다. 문제의 건널목에서 빨간색 스포츠카가 속도를 올리며 다가왔다. 솔이는 이 부분에서 작게 신음을 냈다. 스포츠카는 위협적으로 다가온다. 멈춰야 할 선을 넘어서도 속력을 줄이지 않는다. 솔이는 얼어붙어 그 광경을 바라보고 있다. 타이어의 마찰음이 찢어지게 울리며 솔이 앞에 멈춘다.

그리고 그 안에는 어제 솔이가 받은 개의 탈을 쓴 사람이 있다. 분명히 솔이가 가지고 있던 탈과 모양이며 색깔이 똑같았다. 이젠 운전자의 모습이 선명하게 보인다. 어둠이 그의 모습을 감춰 주지 않는다. 째진 눈과 커다랗게 벌린 입, 삐죽하게 솟은 여러 개의 이빨, 입 주변을 핥는 기다란 혀. 개의 탈을 쓴 운전자는 입맛을 다시며 소리 없이 중얼거렸다.

'다시 돌아올게. 기다려.'

난폭한 개는 입을 벌리지 않았는데도 소리가 전달됐다. 솔이는 입 모양을 제대로 읽었는지 확신이 들지 않았다.

다시 돌아온다고? 왜 돌아온다는 걸까. 개의 탈을 쓰지 않으면 어떻게 되는 걸까? 그런 이야기를 들은 적이 있는 것 같다.

개의 탈이 온다고 해서 모두 다 쓰는 것은 아니었다. 개중에는 솔이처럼 개의 탈이 지닌 난폭함을 깨닫고 거부하는 아이들이 있었다. 사람들은 그 아이들을 양이라고 불렀다. 스스로 양이 된 아이들은 개의 탈을 쓴 아이들의 먹잇감으로 전락해서 그들이 내뱉는 멸시와 조롱을 견뎌내야만 했다. 솔이도 그 사실을 알고 있었다. 운전석의 개가 물었다.

'너도 양이 될 테냐?'

그 물음에 솔이는 답하지 못하고 식은땀만 흘렸다. 솔이의 대답을 기다리지 못한 운전자는 자신의 차를 돌려 쏜살같이 사라져 버렸다.

솔이는 눈을 감고 심호흡했다. 이건 환상이다. 내 머릿속의 주인은 나라고 되뇌며 자신을 컨트롤하려고 애썼다. 이 불길한 환상과 혼란스러운 상황을 상대하려 노력했다. 그러기 위해서는 좋은 기억을 떠올려야 했다. 솔이는 편안했던 상태, 좋은 기억을 떠올리기 위해 정신을 집중했다.

몇 년 전 엄마를 졸라(그때 엄마가 개의 탈을 쓰고 있었는지 알 수 없다) 샀던 어항이 생각났다. 2자 크기의 작지 않

개의 시간

은 어항이었는데 장식용 돌과 헤어 글라스, 로탈라와 모스 같은 여러 종류의 수초가 어우러져 있었다. 어항 안에서는 체리새우, 구피와 알지이터, 네온테트라 같은 열대어가 옹기종기 헤엄쳤다. 청소 물고기인 비파는 어항 벽면에 붙어서 열정적으로 입을 오물오물 움직였다.

솔이는 이 어항을 볼 때마다 신기하고 설렜다. 창가에 두었던 어항은 오후가 되면 기우는 햇살을 받아 환상적인 빛의 축제를 벌였다. 영롱한 빛 사이로 물고기들은 마치 하늘을 떠다니듯 헤엄쳤다. 솔이는 언젠가 친구들에게 자랑스럽게 공개할 날을 기다리며 어항을 열심히 꾸몄다. 하늘하늘 수초 사이를 헤엄치던 반짝이는 열대어를 떠올리면 기분이 좋아졌다.

하지만 기억은 곧이어 다른 장면으로 전환됐다. 어항은 여과기가 고장 나 탁한 흙탕물로 변해 갔다. 물고기들은 반짝이던 색을 잃고 비틀거리기 시작했다. 물고기가 죽기 전에 어떻게 헤엄치는지 솔이는 잘 알고 있었다. 아픈 물고기는 바닥에 몸을 눕힌다. 사람이 자는 것처럼 옆으로 누웠다가 다시 몸부림치듯 움직이다 다시 바닥으로 꼬꾸라진다. 그러길 반복하다가 배를 위쪽으로 하고 둥둥 떠서 죽는다. 어항 안의 물고기들은 한 마리 두 마리씩 배를 하늘로 하고 죽어 나갔다.

이마에 땀이 흥건하게 맺혔다. 솔이는 자신의 머릿속을 제어하려 했다. 이런 모습을 상상한 적 없었다. 브레이크가 고장 난 자동차처럼 생각이 멈추지 않았다. 결국 솔이는 물고기가 모두 죽은 어항을 보고 있었다.

'아, 안 돼.'

그때 교실 문이 열리는 소리가 들렸다. 누군가 교실로 들어온 것이다. 솔이는 끔찍한 상상에서 벗어나 소리 나는 곳을 쳐다봤다. 그러나 교실로 들어온 게 누군지 알 수 없었다.

그것은 개였다.

솔이는 그 모습을 보고 움찔하며 몸을 떨었다. 이른 아침 아무도 없는 교실에 정체불명의 개와 함께 앉아 있었다. 솔이는 개의 탈을 쓴 누군가와 단둘이, 그것도 이렇게 가까이 있어 본 적이 없었다. 교실 안에 긴장이 감돌았다. 어제 배달된 우편물 때문인지 평소에는 느낄 수 없었던 서늘함이 솔이의 팔에 난 솜털을 바짝 세웠다. 교실에 들어온 개는 솔이가 뿌려 대는 불안을 감지하고 근원을 찾아내려 몇 번인가 코를 킁킁거리더니 이내 흥미를 잃었다.

잠시 후, 누군가가 또 교실로 들어왔다. 이번엔 추리닝을 입은 개였다. 그다음은 모자 쓴 개. 체육복을 입은 개. 치마를 입은 개들이 하나둘씩 교실로 들어왔다. 이제 교실은 온통 개의 탈을 쓴 아이들로 넘쳐 났다. 오직 솔이만 개의 탈을 쓰고 있지 않았다. 교실 안을 가득 채운 개들은 저마다 코를 킁킁거렸고 이빨을 갈아 대고 냄새를 맡으며 귀를 쫑긋 세우고 있었다. 그들은 교실 안에 있어서는 안 될 무언가를 찾아내기 위해 애썼다. 그 모든 행위는 아마도 솔이를 향하고 있는 듯했다.

솔이는 반 전체에 흐르는 불안한 기운을 신경 쓰지 않는 척 창밖을 바라봤다. 하지만 시간이 지날수록 점점 더 조여 오는 포위망을 버텨 낼 재간은 없어 보였다. 솔이의 다리는 덜덜 떨리고 이마에 식은땀이 흥건하게 배어 나왔다.

5

교실은 가쁜 숨으로 가득 찼다. 헥헥거리는 소리가 사방에서 들리고 개들이 뿜어내는 입김이 그득해 솔이의 안경이 뿌옇게 흐려질 정도였다. 솔이는 광산 폭파용 다이너마이트 더미 위에 촛불을 들고 서 있는 기분이 들었다. 행여나 손에 든 초를 놓쳤다간 그대로 펑. 이 수많은 개는 무슨 생각을 하고 있을까? 사실 개의 탈을 쓴 아이들이 무슨 생각을 하는지는 중요하지 않았다. 중요한 건 솔이가 단 한 가지 생각밖에 떠올리지 못했다는 것이다. 애써 개의 탈을 쓴 아이들을 무시하고 금이 간 안경 너머 창밖을 보는 이유는 단 하나였다. 솔이는 간절한 마음으로 외쳤다.

'지훈아, 어서 와서 도와줘.'

솔이가 할 수 있는 일이라고는 지훈이에게 이 가련한 메시지를 보내는 것뿐이었다. 간절한 바람이 민들레 홀씨처럼 공기에 실려 지훈이에게 전달될 것이라 믿었다. 솔이의 기분과 상관없이 창밖의 하늘에는 태양이 당당하게 떠 있었다. 아침의 안개는 눈을 씻고 찾아볼 수 없을 만큼 맑은 날이었다. 따스한 햇볕이 학교 주변을 비추고 싱그러운 녹색의 나뭇잎에 온기를 심었다.

계절은 한여름. 푸르른 나뭇잎 사이 운동장 교문에 익숙한 그림자가 보였다. 느릿느릿 걷는 걸음걸이. FC 바르셀로나의 유니폼. 솔이는 멀리서 걸어오는 지훈이의 모습을 확인하자 가슴이 부풀어 올랐다. 오랜 폭풍우 끝, 올리브를 물고 돌아온 비둘기를 발견한 누군가처럼 희망과 기대에 몸을 떨었다. 어떠한 어려움이 있더라도 이해하고 함께해 줄 친구. 용기 있게 할 말을 하는 친구. 다친 나를 부축해 준 친구. 웃을 때 환하게 빛이 나는 친구. 솔이의 고민을 나눌 수 있는 우리 반, 아니 우리 학교에서 유일한 친구 지훈이가 오고 있었다.

솔이가 유리창 너머 지훈이의 모습에 정신이 나가 있을

때 탐색을 마친 한 무리의 개들이 솔이 주변으로 슬금슬금 다가왔다. 그들은 코를 킁킁대며 솔이가 뿜어내던 불안을 감지하고 입맛을 다시며 걸어왔다. 본능적으로 양의 냄새를 맡은 것이다.

개들 혹은 맹수들은 양을 먹이로 삼는다. 인류 역사의 발전 과정에서 유전자 깊이 아로새겨진 법칙이었다. 개들은 본능적으로 약한 것을, 아직 개가 되지 못한 것을, 쉽게 제압할 수 있는 먹잇감을 발견하고 하나둘씩 행동에 옮기고 있었다.

솔이는 다가오는 한 무리의 개를 발견했다. 그들은 이빨을 적대적으로 드러내고 낮게 그르렁거리고 있었다. 더 이상 이곳에 머물 수 없다고 판단한 솔이는 다가오는 개들을 밀치고 교실 밖으로 달려 나갔다. 그 와중에 넘어지는 개들도 있었고, 자기들끼리 엉켜 고개를 좌우로 흔들며 소리를 지르는 개들도 있었다. 화가 난 어떤 개는 솔이에게 달려들어 팔꿈치를 물려고 입을 벌렸다.

"저리 비켜! 난 지금 밖으로 나가야 해."

솔이는 소리치며 문밖으로 몸을 날렸다. 간발의 차이로 개의 이빨이 허공을 물었다. 솔이가 문틈으로 무사히 빠져나가자, 교실 안에 남아 있던 개들은 쩝쩝거리며 쓴 입맛을 다셔야 했다. 잠시간의 정적이 이어지던 교실은 이

내 다시 낮게 으르렁거리는 소리로 가득 찼다.

솔이는 운동장으로 달렸다. 밤잠을 설치고 혼란스러운 머릿속이 피로를 더했지만, 있는 힘을 다해 달렸다. 다리가 점점 지쳐 가고 땀이 흘러내렸다. 오늘따라 본관 통로와 복도에 놓인 계단이 더욱 길게만 느껴졌다. 그러나 멈추지 않고 계속 달려 나갔다. '지훈이라면 분명 나를 이해해 줄 거야. 내게 일어난 이 거지 같은 일을 헤쳐 나갈 계획을 같이 세워야 해. 개의 탈을 쓰지 않아 벌어질 수많은 역경과 시련을 이겨 낼 방법을 이야기해야지.'

지훈이, 지훈이, 솔이의 머릿속은 온통 지훈이의 이름으로 가득 찼다. 내 기도를 듣고 나를 구원해 줄 하늘의 천사. 나를 구해 줄 동아줄 같은 친구. 솔이는 못된 호랑이, 아니 못된 개들을 피해 절벽으로 뛰어드는 모습을 떠올렸다. 자신은 번쩍이는 황금 동아줄을 잡았지만, 같이 뛰어든 멍청한 개들은 줄줄이 절벽으로 떨어진다. 그 모습을 그리며 솔이는 무거운 다리를 움직여 교실 복도를 달려 나갔다.

'이빨 같은 게 자라나서 다른 사람을 물어뜯고 싶지 않아. 저 개들처럼 혀를 놀려 사람을 괴롭히고 싶지도, 누구에게 상처 주고 싶지도 않아. 개의 탈 같은 건 필요 없어.' 솔이는 속으로 되뇌었지만, 이 말이 자신은 어른이 되고 싶지 않다는 뜻인지는 알 수 없었다. 양이 되어 평생을 개들에게 쫓겨 산다는 건 가능한 일일까?

솔이는 본관의 문을 열어젖히고 운동장을 향해 뛰었다. 몸이 덜컹거렸지만 멈출 수 없었다. 안경이 코 위에서 덜렁거렸다. 계단을 날듯이 뛰어 내려갔다. 몸이 위아래로 세게 흔들리자 안경이 궤도를 이탈해 벗겨졌다. 세상이 비뚤게 보였다. 순간 계단이 위아래로 출렁이며 벽이 기울고 운동장이 튀어 올라왔다. 그 바람에 솔이는 발을 헛디뎠다. 중력은 솔이의 몸에 예외를 두지 않았다. 솔이의 몸은 계단을 굴렀다. 지구는 정직하고도 모범적으로 솔이를 굴렸다. 솔이는 비명을 지르며 계단을 따라 아래로 떨어졌다. 계단을 구르긴 했지만 아슬아슬하게 머리 쪽은 부딪치지 않고 몸으로만 충격을 받았다.

솔이는 바닥에 내팽개쳐진 몸을 추스르고 일어나려 했다. 하지만 무릎의 찌릿한 통증과 함께 더 걷지 못하고 그 자리에 널브러지고 말았다. 몇 바퀴를 굴렀는지 모르겠지만 일단 계단은 다 내려온 셈이었다. 운동장이 시작되는 곳에 주저앉아서 솔이는 그래도 목표에 근접했다고 생각했다. 그 사실이 고통을 다소 기쁨으로 치환해 주었다. 솔이는 아픈 무릎을 쳐다봤다. 무릎에서 붉은 피가 배어 나오고 있었다. 지훈이와 처음 만날 날과 똑같은 곳을 다쳤다. 상처가 자신을 더욱 단단하게 만들어 준다는 말이 솔이의 무릎에는 통용되지 않아 보였다.

"멍청이, 매일 다니던 계단인데. 이걸 못 보다니……"

솔이는 자신을 탓하며 중얼거렸다. 무릎에서 흐르는 피는 야심 많은 정복자처럼 점점 더 넓은 곳으로 퍼져 나갔다. 길게 난 상처 중간중간 커다란 핏방울이 영글었다. 피는 붉다 못해 시커멨다. 솔이는 고이는 피를 닦지 않고 신기하게 쳐다보았다.

피가 난 무릎을 물끄러미 바라보고 있는 사이 그림자 하나가 솔이에게 다가왔다. 그림자는 태양을 등지고 솔이의 얼굴 위로 드리워졌다. 솔이는 그 모습을 보려고 고개를 들었다가 햇빛에 눈살을 찌푸렸다. 눈을 가늘게 뜨고 역광 속 그림자의 주인을 확인했다. 안경이 벗겨진 상태라 사물의 형태를 정확히 가늠하기가 힘들었다. 안경 렌즈는 이제 실금 정도가 아니라 아예 깨져 동그랗게 구멍이 나 있었다.

그 애가 입고 있는 축구팀 유니폼을 보아 지훈이일 거라 예상했고, 지훈이가 맞았다. 하지만 고개를 든 솔이의 얼굴은 얼음장처럼 창백해졌다. 눈앞의 지훈이를 확인한 순간 솔이의 동공이 커다랗게 확장됐다. 그것은 지훈이이기도 했고, 지훈이가 아니기도 했다.

솔이를 둘러싼 주변의 모든 것, 얼굴을 스치는 바람이나, 퍼드득 날아가는 비둘기의 날갯짓, 초록을 머금은 나뭇잎과 운동장의 농구대와 잔디밭을 포함한 모든 것이 빠지직 소리를 내며 얼어붙는 것 같았다. 무릎을 따라 흐르는 핏방울도 그대로 멈춘 듯했다. 이제 다시는 봄이 찾아오지 않을 거라는 싸늘함만이 맴돌았다.

솔이 앞에는 FC 바르셀로나의 유니폼을 입은 지훈이가 서 있었다. 다만 어제 솔이와 함께 우정을 나누며 비밀스러운 약속을 했던 지훈이와 지금 눈앞에 서 있는 지훈이 사이에는 분명하고 확실한 변화가 있었다. 말없이 그 모습을 바라보던 솔이의 두 눈에 눈물방울이 맺혔다.

잠시 뒤, 쭈그려 앉아 있는 솔이에게 붉은색 털이 한 가닥 떨어져 내렸다. 하늘하늘 떨어지는 붉은 털은 곧장 솔이의 무릎에 배어 있는 핏방울에 내려앉아 눈처럼 그 속으로 사라져 버렸다. 솔이를 부축해 양호실로 향하던 예전과 다르게 지훈이는 솔이를 지나쳐 그대로 본관 건물을 향해 걸었다. 솔이는 고개를 숙인 채 멀어지는 지훈이를 붙잡지 못했다. 입에선 어떤 말도 떨어지지 않았다. 솔이는 우주에서 모선을 잃고 유영하는 우주인이 된 듯했다. 넓고 황량하고 끝없이 펼쳐진 우주. 아무도 없는 차가운 우주.

지훈이가 솔이를 지나쳐 가자, 다시 시간이 째깍째깍 흐르기 시작했다.

얼었던 시간이 다시 흐르기 시작하자 솔이는 무릎이 급격히 아파왔다. 쓰라림과 고통과 허망함만이 솔이의 영혼을 채우고 있었다. 걸어가는 지훈이의 뒷모습을 찾았지만 이미 사라지고 없었다. 하룻밤 사이에 감당할 수 없이 큰 변화가 솔이를 휩쓸고 지나갔다. 아무도 귀뜸해 주지 않았고, 지혜를 나누어 주지도 않았다. 거대한 파도를 구명튜브 하나 없이 온몸으로 받아 내야 했다. 운명과도 같은 그것이 휩쓸고 지나간 자리에는 부서지고 남루한 잔해만 남아 둥둥 떠다녔다.

"다리를 저어. 무릎을 구부리지 말고 곧게 펴고 힘차게 저으라고."

누군가의 강압적인 고함이 귓가를 맴돌았다. 그러나 이젠 상관없는 일이라고 솔이는 생각했다. 정답이 있는 문제일까? 그렇다면 이렇게 허망하지는 않았을 것이다. 솔이는 그런 생각을 하며 고개를 이리저리 흔들었다. 영원한 수수께끼를 품은 여행자가 된 것 같았다. 솔이는 다리를 절면서 교실로 돌아갔다.

곧이어 수업을 알리는 종소리가 교내에 울려 퍼졌다. 교실 안의 개들은 여전히 소리를 지르고, 침을 뱉고, 귀를 쫑긋 세우고, 서로를 향해 이빨을 드러내며 으르렁댔다. 난장판이 된 교실로 들어선 솔이는 동요하지 않았다. 솔이는 고개를 숙이고 애꿎은 책상만 내려다봤다. 깨진 안경 렌즈 너머로 책상을 보고 있자니 나뭇결이 일렁이는 듯했다. 솔이는 그 물결 속에 숨겨진 비밀을 풀기라도 할 듯 책상을 뚫어져라 쳐다봤다.

무릎에 흐르던 피는 멈추고 검은 피딱지가 앉았다. 하지만 아픔은 가시지 않았다. 솔이는 아픔을 절절히 느끼며, 이 고통은 사라지지 않을 거라는 걸 어렴풋이 알았다. 그 고통은 솔이의 몸이 아니라 마음 깊숙한 곳에서 퍼져 나갔다. 수업이 시작되었지만, 솔이는 고개를 숙인 채 책상 서랍 안에 손을 넣고 주먹을 꽉 쥐었다. 그리고 그 꽉 쥔 손안에는 녹색으로 빛나는 개의 탈이 있었다.

개들이 가득한 교실에서 솔이는 한참이나 그 탈을 내려다보았다.

작가의 말

인생에는 갑작스러운 변화가 찾아온다. 변화의 순간은 평화롭거나 조용히 지나가지 않았다. 우당탕, 혹은 덜거덕거리며 흔들리고 부서져 나갔다. 나의 인생도 그랬다.

「개의 시간」도 그런 인생에 찾아오는 변화를 이야기했다. 이것은 철저히 내 개인적인 경험과 기억을 바탕으로 만든 이야기다. 유년 시절을 지나 어른의 세계로 들어가기 위한 입장권. 그것을 개의 탈로 표현해 봤다.

우리는 홀로 존재할 수 없다. 사회적 공동체 안에서 평균을 내며 그것에 벗어나지 않은 모습으로 살아간다. 그리고 무엇이 옳고 그른지 학습하며 공동체 안에 안착한다. 남들 눈에 튀지 않는 가면을 쓴 채. 자신의 본모습을 숨기고 사회적 가면을 쓴다는 것이 유년 시절에는 적잖은 충격으로 다가왔었다.

나 역시 그 시절 개의 탈을 받아 들고 주인공 솔이처럼 한참을 고민했던 적이 있다. 교과서나 영화에서처럼 선이 진실되고 최고의 가치를 가지는 것이 아니란 사실. 또한, 진실이란 각자가 해석하는 방식에 따라 천차만별이 될 수 있다는 껄끄러운 사실. 지금에 와서 돌이켜 보면 아, 어쩔 수 없는 선택이었어, 라거나 별수 있나, 정도의 감상일지 모른다. 하지만 첫 시련의 아픔과 크기는 가늠하기 힘들 정도로 거대했다.

이 이야기를 한 이유는 아직도 개의 탈을 쓰지 않았거나, 이미 썼지만, 유년의 기억을 간직한 채 살아가는 마음 여린 이들을 보듬어 주고 싶어서다. 남들보다 힘든 여정을 떠나는 그들에게 작은 축복이 있기를 빌어 본다.

열다섯, 다를 나이

초판 1쇄 펴낸날　2024년 11월 18일

지은이　　강경수 강지영 이민항 조서월 청예
펴낸이　　홍지연

편집　　　홍소연 이태화 김선아 김영은 차소영 서경민
디자인　　이정화 박태연 박해연 정든해
마케팅　　강점원 최은 김가영 김동휘
경영지원　정상희 여주현

펴낸곳　　(주)우리학교
출판등록　제313-2009-26호(2009년 1월 5일)
제조국　　대한민국
주소　　　04029 서울시 마포구 동교로12안길 8
전화　　　02-6012-6094
팩스　　　02-6012-6092
홈페이지　www.woorischool.co.kr
이메일　　woorischool@naver.com

만든 사람들
편집　　　서경민
디자인　　정든해